REDRUM

DIE SODOM-LOTTERIE
1. Auflage
(Deutsche Erstausgabe)

Verleger: Michael Merhi
Lektorat: Jasmin Krieger
Korrektorat: Marion Mergen
Umschlaggestaltung und Konzeption:
MIMO GRAPHICS unter Verwendung einer
Illustration von Shutterstock

ISBN 978-3-95957-859-2

E-Mail: merhi@gmx.net
www.redrum-books.com

Facebook Seite: REDRUM BOOKS

Facebook-Gruppe:
REDRUM BOOKS - Nichts für Pussys!

RALPH D. CHAINS

# DIE SODOM-LOTTERIE

**Zum Buch:**

Irgendwo mitten in der Wüste dreht sich das Rad. Es entscheidet, ob du lebst oder stirbst. Ob deine nächste sexuelle Erfahrung mit einer Frau oder einer Kettensäge stattfinden wird. Bei der Sodom-Lotterie spritzen Blut, Sperma und Schweinescheiße bis an die Decke und es gibt nur zwei Wege, diesem Albtraum zu entrinnen: Sexuelle Höchstleistungen bis zum bitteren Ende oder der qualvolle Tod.

**Zum Autor:**

Ralph D. Chains, der sich jahrelang mit der Zucht von Giftschlangen versuchte, bis ein verhängnisvoller Bissunfall ihn beinahe in der Blüte seiner Jahre aus dem Leben gerissen hätte, beschloss nach seiner qualvollen Genesung, spontan sein Lebensziel auf das Schreiben von erotisch angehauchten Horrorgeschichten zu richten, die meist eine Prise bösartigen Humor enthalten.

RALPH D. CHAINS

# DIE SODOM-LOTTERIE

Extrem-Horror

## Anmerkung des Autors

*»Die Sodom-Lotterie« ist mein dritter literarischer Erguss.*
*So mancher Leser/manche Leserin wird sagen, die Geschichte ist ekelhaft, krank und vollkommen pervers.*
*Ich wäre zutiefst enttäuscht, wenn es nicht so wäre.*
*Ralph D. Chains*

# DIE SODOM-LOTTERIE

# 1

Sarah öffnete die Augen, doch um sie herum war nur Dunkelheit. Eine Dunkelheit, die ungewöhnlich war, da es normalerweise nie dunkel in ihrem Schlafzimmer wurde.

Ihr Mann hatte schon vor Jahren Scheinwerfer um das Gebäude angebracht, die nachts das Gelände erleuchteten. Er war ein wenig paranoid geworden wegen des Hobbys, das sie beide teilten.

Doch selbst die LED-Anzeige des Weckers rechts neben ihr war nicht zu sehen.

Aber irgendetwas hatte sie geweckt.

Oder war sie in einem Traum gefangen, der ihr nur die Illusion des Wachseins vermittelte?

Sie fühlte sich, als wäre ihre Wahrnehmung in Watte gepackt. Ihr Atem klang seltsam und kam ihr ungewöhnlich schnell vor. Außerdem hatte sie einen Kater, als hätte sie gestern zu viel getrunken. Ihr Mund war vollkommen ausgedörrt und der Kopf schmerzte.

*Gestern? Was habe ich gestern bloß gemacht?*, fragte sie sich, als das Brummen ertönte. Sie hatte keinerlei Erinnerung an den gestrigen Tag.

Da war es wieder, dieses Geräusch, das sie vermutlich aus ihren Träumen gerissen hatte. Ein dumpfes Brummen, das klang wie ein Elektromotor. Ganz in ihrer Nähe. Es summte noch einmal, dann herrschte Stille.

Stille und immer noch diese absolute Finsternis um sie herum.

Sie tastete nach der Nachttischlampe, aber ihre Hand stieß immer wieder gegen einen Widerstand, egal, in welche Richtung sie griff. Ihr wurde schlagartig klar: *Das ist weder mein Bett noch mein Schlafzimmer.*

Sie spürte, dass etwas hart gegen ihren nackten Hintern und Rücken drückte. Panisch schlug sie um sich. Ein brennender Schmerz durchzuckte ihre linke Hand und sie schrie laut auf.

»Hallo?«, rief sie und lauschte verwundert dem seltsamen Klang ihrer eigenen Stimme.

Sie streckte den schmerzenden Finger in den Mund und schmeckte ihr Blut.

Wieder rief sie: »Hallo?« Ihre Stimme klang dabei seltsam dumpf. Nicht dass sie in ihrem Schlafzimmer oft »Hallo« gerufen hätte, doch es klang nicht vertraut und es hörte sich eher so an, als würde sie in einen Schrank hineinrufen.

Sie tastete erneut mit der rechten Hand in der Dunkelheit um sich. Doch jetzt etwas vorsichtiger, da der Schmerz des vermutlich abgebrochenen Fingernagels sie daran erinnerte, dass irgendetwas mit ihrer Umgebung nicht stimmte.

Sarah ertastete hölzerne Wände dicht um sich herum.

*Ich bin entführt worden! Liege ich in einem Sarg?*, schoss es ihr panisch durch den Kopf.

Bei dieser Erkenntnis stockte ihr der Atem und ihre Glieder zuckten unkontrolliert.

*Man hat mich lebendig begraben!* Wieder schlug sie um sich und schrie, dieses Mal ohne Rücksicht auf ihren Körper zu nehmen. Sie spannte die Bauchmuskeln an und stieß mehrfach mit der Stirn gegen den harten Widerstand in dieser gottverfluchten Dunkelheit. Als sie wenig später völlig erschöpft dalag, spürte sie, dass ihre Lungen bei jedem Atemzug schmerzten.

*Ich werde ersticken*, war alles, woran sie noch denken konnte.

Sie hörte eine dumpfe Männerstimme. »Bei der hast du die Luftlöcher vergessen, du verdammter Idiot.«

Darauf erklang wieder das Summen und kurz darauf stach ihr ein winziger Lichtstrahl in ihr linkes Auge. Über ihr konnte sie nun eine hölzerne Fläche erkennen. Der herabfallende Staub brannte auf ihrer Netzhaut und entsetzt sah sie durch einen Tränenschleier, wie der Bohrer sich unbarmherzig mit einem lauten Quietschen ihrem rechten Auge näherte. Sie zwinkerte und versuchte, sich nicht zu bewegen, denn der Stahlstift hatte direkt vor ihrem Auge angehalten.

»Hallo?«, fragte Sarah mit schwacher Stimme.

»Spar dir den Atem, Mädchen«, antwortete jemand, zog den Bohrer wieder aus dem Holz und bohrte noch ein paar Löcher in das Brett direkt über ihr. Das Holzmehl verklebte sich direkt mit ihrem kalten Schweiß und brannte höllisch.

»Lassen Sie mich bitte raus«, bettelte sie mit aller Kraft, die sie noch aufbringen konnte.

»Keine Angst, Mädchen, du wirst schon noch an die frische Luft kommen.« Der unbekannte Mann lachte dreckig und bohrte weiter.

Immer wieder näherte sich der jetzt rotglühende Bohrer ihrem Gesicht, nur um kurz davor zu stoppen.

»Hören Sie damit auf!«, schrie sie.

»Mädchen, willste ersticken oder was?«, fragte die Stimme.

»Ich muss pinkeln«, rief Sarah einer Eingebung folgend, außerdem drückte ihr plötzlich wirklich die Blase.

»Tja, Mädchen, lass einfach laufen, ist kein Problem für mich.«

Weinend spürte sie, wie es warm um ihre Hüfte wurde und der Geruch ihres Urins kurz darauf stechend in ihre Nase zog.

# 2

Pauls Dad drehte am Senderknopf und fluchte: »Überall nur diese Scheißnegermusik.«

*I wanna be a dog* schepperte aus den vier Boxen des alten Ford.

»Bitte lass das an, Dad«, bat Paul seinen Vater. »Iggy Pop ist kein Neger. Und wer benutzt heutzutage überhaupt noch dieses Wort?«, stellte er fest und schüttelte irritiert den Kopf.

Großer Fehler.

»Halts Maul und hör mir einfach zu«, kläffte ihn sein Alter von der Seite an. Sein Vater schaltete das Radio aus. »Sei froh, dass du heute Geburtstag hast, Junge, sonst würde ich dir die Fresse polieren«, knurrte er.

Paul zuckte schockiert zusammen.

Als sein Dad ihn bei seiner Mutter abgeholt hatte, um mit ihm *einen draufzumachen*, hatte Paul gedacht, dass der Mann sich wenigstens an seinem Geburtstag etwas zusammenreißen würde. Doch die ständigen Wutanfälle wurden immer schlimmer. Er klang gerade, als würde er ihm gleich die Kehle herausreißen wollen.

»Es wird Zeit, dass du endlich ein Mann wirst. Schluss mit der Negermusik, Schluss mit dem Lotterleben. Du bist jetzt zwanzig, heute wirst du endgültig ins Erwachsenenleben eingeführt.«

Paul fragte sich, was der Alte vorhatte. Er hatte nur vage Andeutungen gemacht, als er seiner Mutter ein letztes Mal zugewunken hatte.

Sie war mit dem Rollstuhl auf die Veranda gefahren und hatte ihnen mit besorgtem Gesichtsausdruck nachgeschaut. In dem Ding saß sie, seit ihr Mann sie bei einem seiner Wutanfälle die Treppe hinuntergestoßen hatte. Damals wie heute war ihr Blick voller Angst gewesen.

Auch Paul hatte ein ungutes Gefühl.

»Du hast gesagt, wir fahren zu einem Spiel. Wie soll mir das dabei helfen, erwachsen zu werden, Dad? Abgesehen davon bin ich längst erwachsen«, setzte er trotzig hinterher und starrte in die Wüste, die an ihnen vorüberzog.

Seit Stunden fuhren sie jetzt schon durch diese trostlose Gegend und sein Alter war von Minute zu Minute übellauniger geworden. Doch jetzt grinste ihn sein Vater von der Seite an und kaute auf seiner kalten Zigarre, als er sagte: »Sohn, früher musste man als junger Mann in den Krieg ziehen, um sich zu bewähren. Doch bei dieser Schwuchtel-Regierung läuft ja alles anders. Heutzutage sind alle verweichlicht. Sieh dir doch an, was in diesem Land abgeht«, nuschelte er, schlug wild auf das Lenkrad ein und brüllte dann überraschend laut: »Und du? Mein eigen Fleisch und Blut? Pfarrer? Du willst ausgerechnet Pfarrer werden? Ich werde dir zeigen, worauf es im Leben ankommt. Dein verfickter Gott wird dir nicht helfen, das kannst nur du selbst. Bei der Lotterie musst du deinen Mann steh'n. Wart's ab, Junge.«

Paul war kurz davor, aus dem fahrenden Wagen zu springen, denn er hatte langsam den Verdacht, dass sein Alter inzwischen verrückter als eine Scheißhausratte war. Aber vielleicht konnte er ihn beruhigen, indem er Interesse heuchelte.

»Und um was geht's da, Dad?«

»Ich sagte, wart's ab, verdammt noch mal!«, schrie sein Vater mit hochrotem Kopf und fuhr über einen Schotterplatz, auf dem bereits Unmengen von Wagen standen.

Eine große, etwas verwahrlost wirkende Industriehalle grenzte hier an den Parkplatz an. Davor standen jede Menge Bierbänke, auf denen ein recht gemischtes Publikum saß. Banker in feinen Anzügen teilten sich den hölzernen Sitzplatz mit Typen in Latzhosen und Strohhut.

Schwarze Gangster-Rapper saßen neben kahlrasierten bulligen Männern mit Kampfhunden an der Leine. Egal was das für eine Veranstaltung war, sie zog auf jeden Fall eine Menge Leute an. Leute, die alle etwas irre aussahen.

Sie stiegen aus dem Wagen und gingen an den Leuten vorbei, von denen einige seinen alten Herren grüßten, doch er beachtete sie gar nicht. Paul beobachtete, dass sich eine kleine Gruppe Männer um zwei Frauen versammelte. Beide trugen mexikanische Wrestling-Masken und schmutzige Unterhemden, dazu kurze Jeansshorts, ihre Füße waren nackt.

Die beiden dürren Gestalten schlugen mit blanken Fäusten aufeinander ein, bis eine der beiden zu Boden ging. Ein Mann aus dem Publikum reichte der Siegerin ein Messer und diese kniete neben der Verliererin nieder, die blutend im Dreck lag. Sie setzte das Messer an ihrem Brustkorb an, der sich pumpend auf und ab senkte.

Die Männer fingen an, die Gewinnerin anzufeuern. Und diese grinste in Pauls Richtung, der sie schockiert anstarrte. Ihre teilweise abgebrochenen Zähne, die in dem schlecht genähten Loch der Ledermaske blutverschmiert aufleuchtenden, teilten sich und zeigten eine operativ gespaltene Zunge. Jetzt schnitt sie tief in die Haut der Frau unter ihr und leckte demonstrativ das Blut von der langen Klinge. Beide Zungenspitzen führten ein Eigenleben, als sie um den glänzenden Stahl tanzten. Dabei amüsierte sie sich über Pauls entsetzten Gesichtsausdruck und schaute ihn herausfordernd an.

»Soll ich der Fotze das Herz rausschneiden?«

»Komm, Junge«, sagte sein Vater und zerrte ihn weiter. »Das ist doch Kinderkram.«

Paul hörte die Begeisterungsschreie der Männer hinter sich leiser werden. *Wo bin ich hier gelandet?*, dachte er schockiert. Es war, als würde der schrille Schrei einer Frau hinter ihm ertönen. Die Rufe der Männer wurden lauter.

Doch sein Dad ging unberührt von der bizarren Szenerie direkt auf den Eingang der Halle zu und klopfte an die Scheibe, woraufhin sich ein kleines ovales Fenster öffnete.

»Mister Chains! Schön, Sie zu sehen.«

Er nickte nur, schob mehrere Hundert-Dollarscheine durch die Luke und kurz darauf wurde für die beiden eine Tür geöffnet.

Zwei bewaffnete maskierte Männer saßen dahinter an einem Tisch, auf dem unzählige Plastikbecher standen.

»Hallo, Sir« grüßten die beiden respektvoll.

Hinter ihnen hing ein Zettel, der verkündete:

**Keine Kameras und keine Frauen erlaubt!**

Sein Vater nickte ihnen zu und nahm zwei der Becher vom Tisch. »Komm«, sagte er und Paul dackelte seinem alten Herrn hinterher.

Im Inneren erwartete sie eine Tribüne, auf der schon unzählige Leute saßen und entsprechend viel Lärm machten. Die Beleuchtung war spärlich, man konnte kaum die Gesichter der Personen erkennen, die schon auf den Stühlen saßen. Doch sein Vater in seinem weißen Anzug war gut auszumachen und Paul folgte ihm. »Setz dich hin, Sohn.«

Sie nahmen auf zwei billigen Klappstühlen Platz. Paul starrte angestrengt auf die Stelle vor sich, aber vor ihm breitete sich nur Schwärze aus.

Um sie herum waren jetzt alle Stühle besetzt und man hörte von allen Seiten ein ungeduldiges Gemurmel – das Publikum wurde wohl langsam ungeduldig.

Sein Vater drückte ihm einen der beiden Becher in die Hand. »Trink!«

Sein Alter setzte seinen Becher an und exte ihn und Paul tat es ihm gleich.

*Schmeckt komisch, das Zeug. Ob das hier eine Boxveranstaltung ist?*, fragte er sich, während er ins Dunkle spähte und mit der Zunge ein paar Brocken in seiner Mundhöhle ertastete, die einen bitteren Nachgeschmack hinterließen.

Der Lärm der Menschen machte ihn nervös. Was sollte diese Nummer hier? Und warum machte sein Vater so ein Geheimnis daraus? Es wäre schließlich nicht das erste Mal, dass er ihn zu so etwas mitschleppte.

Andererseits hätte er sich dann schon Wochen vorher irgendwelche Kampfsport-Storys anhören müssen. Er hatte in seiner Jugend wahrscheinlich mehr Kickbox- und Käfig-Fight-Veranstaltungen gesehen als jeder andere in seinem Alter.

*Also warum diesmal diese Geheimnistuerei und die schwer bewaffneten Bodyguards am Eingang? Vielleicht geht es hier um Leben und Tod oder eine ähnlich kranke Scheiße.*

Die Szene, die sich gerade vor der Tür abgespielt hatte, ließ ihn nichts Gutes ahnen. Seinem Alten war alles zuzutrauen. Er tickte in letzter Zeit eh immer öfter aus. Sein Geisteszustand und seine Launen waren kaum noch zu ertragen.

Mit einem lauten Knall ging das Licht vor ihnen an und Paul riss die Hände vors Gesicht, um seine Augen vor den grellen Scheinwerfern zu schützen, die jetzt den Raum fluteten.

»Endlich geht es los«, murmelte sein Vater neben ihm aufgeregt.

Als sich seine Augen an das Licht gewöhnt hatten, erkannte Paul in der Tiefe der Halle mehrere schwarze Vorhänge. Auf dem Boden davor lag eine dicke Schicht Sägespäne. *Aha, also wird es einen Kampf geben.*

In der Mitte stand ein großes Lotterie-Rad, das nicht so recht in das Szenario eines Kampfes passen wollte. Es war so ein albernes Ding, wie man es vom Jahrmarkt kannte, mit verschiedenen bunten Feldern, nur dass auf diesem Rad Bilder angepinnt waren.

Paul kniff die Augen zusammen und erkannte auf einem Foto einen Kürbis, auf dem anderen ein Huhn, ein Schwein und auf einem weiteren eine Kettensäge. Auf den restlichen waren verschiedene nackte Frauen zu sehen.

»Was soll das?«, murmelte er.

Zwei Typen mit schwarzen Klamotten und Automatikgewehren postierten sich links und rechts von dem Rad. Sie hatten Skimasken auf und wirkten mit ihrer muskulösen Statur recht bedrohlich, ja fast militärisch.

Uncle Sam kam mit einem Mikrofon in der Hand hinter einem der Vorhänge hervor. Jedenfalls sah der Kerl genau so aus: weißer Bart, US-Flaggen-Klamotten und buschige Augenbrauen. Aber man erkannte sofort, dass alles schlecht angeklebt war. Es wirkte noch billiger als bei der Figur, die man von Postern in Rekrutierungsbüros kennt.

»Guten Abend, Leute. Willkommen bei der Sodom-Lotterie.«

Uncle Sam verbeugte sich und wedelte mit dem linken Arm wie ein altmodischer Gentleman. Paul kicherte leise. »Was ist denn das für eine Witzfigur?«, fragte er seinen Vater.

»Still, Sohn!«, zischte dieser ihm zu.

»Als Teilnehmer in der ersten Runde begrüße ich Joe. Er hat die einmalige Chance, eine Million Dollar zu gewinnen, etwas zu ficken vor die Flinte zu bekommen oder ...« Uncle Sam brach seinen Vortrag ab, machte eine kurze Pause und dann ein betroffenes Gesicht. Dabei wedelte er mit der Hand vor seinem Schritt herum, als würde er sich etwas abschneiden.

Paul dachte nur: *Eine Million Dollar?*

»Na ja, wir wollen doch mit den fröhlichen Aspekten unseres Spieles fortfahren, wo ist unser erster Kandidat?«, quatschte Uncle Sam indessen weiter.

Joe war ein fettleibiger großer Mann, der zunächst unsicher wirkte, als er hinter dem Vorhang hervorgestoßen und vom Publikum mit mäßigem Applaus begrüßt wurde.

Er trug außer einer fleckigen Latzhose nichts am Körper, weder Hemd noch Schuhe.

Uncle Sam schüttelte Joe grinsend die Hand. Diesem lief der Schweiß in Strömen unter seinen sandfarbenen Haaren herunter. Man konnte gut sehen, dass der Mann höllisch nervös war.

»Ich brauche das Geld, sonst bin ich meine Farm los und meine Frau ist schon wieder schwanger ...«, quakte er schüchtern ins Mikrofon.

Uncle Sam entzog es ihm. »Jaja, wir alle brauchen Geld, und du hast die einmalige Chance, es zu gewinnen, Joe, alter Kumpel.«

Er klopfte ihm kameradschaftlich auf die Schulter.

Joe war leichenblass geworden und sah nicht gerade aus, als würde er sich schon auf einen Gewinn in Höhe von einer Million Dollar freuen, sondern eher als ob er sofort die Flucht ergreifen wollte.

Aber so, wie die zwei Männer mit den Automatikgewehren ihn im Visier hatten, war wohl Flucht keine Option.

»So, mein Freund, dann dreh mal an dem Rad«, sagte Sam freundlich, aber bestimmt.

Joe stapfte auf das Glücksrad zu, zögerte einen Moment und drehte dann schwungvoll daran.

Uncle Sam stapfte nach vorn und wurde von einem der Scheinwerfer erfasst, während Joe kurzzeitig hinter ihm im Dunkeln verschwand.

»So liebes Publikum, um es noch einmal kurz zu erklären: Jetzt geht es darum, wo Joe seinen Schwanz hineinsteckt.«

»Was?«, fragte Paul leise und dachte an die Bilder, die sich gerade knatternd auf dem Rad drehten und über Joes Schicksal entschieden. Dieser wurde wieder vom Scheinwerferlicht erfasst und starrte gebannt auf das rotierende Rad. Im grellen Licht, das ihn jetzt gnadenlos anleuchtete, sah man deutlich, dass er sich gerade in die Hose pisste. Seine Farmerhose wurde dunkel im Schritt und der Fleck wurde immer länger, bis er zu den Knien reichte.

Einige aus dem Publikum lachten jetzt laut wegen Joes Unpässlichkeit. Doch Paul tat der Mann einfach nur leid. Manche buhten ihn auch aus, aber Joe starrte nur gebannt auf den ledernen Lappen, der am oberen Ende des Rades von einem Stahlbolzen zum nächsten ratterte.

Das Rad drehte sich langsamer und die Farben wurden jetzt sichtbar. Rote, blaue und grüne Dreiecke erschienen in dem bunten Kreis. Doch auch die Bilder konnte man jetzt erkennen: Kürbis, Huhn, Schwein, Kettensäge und manchmal blitzten auch ein paar Brüste auf.

Das Rad drehte sich noch langsamer. Es knatterte an dem Huhn vorbei, an der Kettensäge, übersprang auch diesen Bolzen, blieb schließlich bei dem Bild einer blondgelockten vollbusigen Frau stehen.

Joe sprang freudig in seiner Pisspfütze auf und ab, doch das Rad sprang im letzten Moment überraschend auf den Kürbis.

»Und jetzt muss er den Kürbis ficken?«, fragte Paul ungläubig. Sein Dad neben ihm lachte schallend und sagte: »Ja, Junge, jetzt muss er den Kürbis ficken, sonst fängt er sich ’ne Kugel.«

Doch das machte Joe nicht viel aus, er zuckte nur mit den Schultern und grinste nervös. Uncle Sam sprang um Joe herum wie ein Irrer. »Kein Hauptgewinn, aber besser als nichts. Bringt seinen Preis, Leute«, plärrte er in sein Mikrofon und klatschte in die Hände, woraufhin zwei Männer einen Tisch herbeitrugen und einen Kürbis darauf ablegten. In dem etwa dreißig Zentimeter großen Gemüse war ein Loch, das die Nase einer grinsenden Grimasse bildete, die jemand darauf gemalt hatte.

Das Publikum applaudierte und auch Pauls Vater klatschte rhythmisch in die Hände. Joe zog die Latzhose herunter und präsentierte seinen Schwanz, der schon erregt auf und nieder wippte. Er packte sich den Kürbis mit seinen großen Bauernpranken und penetrierte ihn mit gleichgültigem Gesichtsausdruck.

Und dann gab er plötzlich richtig Gas. Es war ein köstliches Bild, wie dieser riesige Kerl mit der Zunge im Mundwinkel hochkonzentriert das Gemüse fickte, als gäbe es nichts Schöneres auf der Welt.

Das Publikum tobte und lachte schallend. Joe stöhnte und zog ihn heraus, wichste noch kurz, dann lief die Soße über seine dicken Wurstfinger.

Ein letztes Mal schob er ihn rein ins Gemüse.

»Die erste Runde der heutigen drei hast du damit bestanden. Ich gratuliere, Joe«, sagte Uncle Sam und nahm ihn kameradschaftlich in den Arm. Joe wischte sich die rechte Hand provisorisch am Bein ab.

»Jetzt dreh noch einmal das Rad.«

Joe ging mit hochrotem Kopf zum Rad zurück, zog sich dabei die Hose hoch und stieß mit dem siegessicheren Grinsen eines Gewinners das Rad erneut an. Diesmal sehr zaghaft, es knatterte nur kurz und blieb auf dem Feld mit dem Hühnerfoto stehen.

Joe sah etwas betroffen aus, ging aber zu dem Tisch und schob den Kürbis beiseite. »Ich bin bereit!«

Ein maskierter Mann brachte ein weißes Huhn, das wild flatterte. Paul musste schockiert den Blick abwenden, denn Joe hatte den Geräuschen nach zu urteilen wirklich viel Spaß mit dem Geflügel.

Und wieder tobte das Publikum.

*Wo hat mein Vater mich hier bloß hingeschleppt?*, fragte sich Paul entsetzt.

Als Uncle Sam weitersprach, schaute Paul wieder neugierig nach vorn.

»Auch die zweite Runde hast du mit Bravour bestanden, Joe. Gratuliere!«

Joe ging wieder auf das Rad zu, vor Aufregung diesmal mit der Hose an den Knöcheln. Ein alberner Anblick, das Huhn flatterte dabei um ihn herum, als hätte es noch nicht genug.

Er streckte sich und drehte das Rad dieses Mal mit vollem Schwung an. Totenstille herrschte im Raum, das Knattern wurde langsamer und blieb bei der Kettensäge stehen.

Ein Raunen ging durch das Publikum und die zwei Männer mit den Maschinengewehren traten vor. Joe weinte und starrte fassungslos auf das Foto mit der Kettensäge.

Es war ein Bild des Jammers, wie er so dastand, heulend wie ein Baby, mit der Hose unten an den Knöcheln. Und immer noch ragte seine Erektion, an der noch ein paar Hühnerfedern klebten, trotzig in die Höhe.

Die Gewehrläufe zuckten an seinen Kopf.

»Tut mir leid, Kumpel, dass du jetzt so kurz vor dem Ziel die Säge erwischt hast. Aber nimm es wie ein Mann!«, erklärte Uncle Sam gelassen.

Im selben Moment sprang hinter dem Vorhang ein Motor an. Eine Frau in Lederklamotten und mit einer

Schweinemaske kam langsam hervor. Paul musste trotz der bizarren Situation auf ihre riesigen Titten starren, die von einem schwarzen Schnürkorsett kaum gebändigt wurden. Die Frau schwang die Kettensäge theatralisch in die Höhe. Joe stand zitternd da, zwei Knarren zielten auf seinen Kopf.

Die Frau mit der Säge kam auf ihren High Heels näher und wischte spielerisch mit dem Sägeblatt über Joes Schwanz, der seltsamerweise immer noch wie eine Fahnenstange stand.

Joe zuckte zusammen und die Sägenfrau drehte sich einmal im Kreis, präsentierte sich dramatisch und brachte den Motor der Säge auf Touren.

Das Publikum tobte.

Am Ende ihrer Drehung ließ sie den Motor langsam laufen und berührte Joes bestes Stück. Er zuckte ein weiteres Mal zusammen und reckte die Hände nach vorn.

»Joe, wenn du deine Finger weglässt, bleiben sie dran. Wenn nicht: Pech gehabt«, schrie Uncle Sam ins Mikro.

Joes Sackhaare verfingen sich in der Kette, was diesen dazu veranlasste, danach zu greifen. Er schrie auf, als ein Finger nach dem anderen das Kettenblatt streifte, während sich der Motor beschleunigte. Er konnte sich nicht entscheiden, ob er seine Finger verlieren wollte oder nur seinen Schwanz.

Ein Finger fiel zu Boden, die Frau zertrat ihn mit einem ihrer hochhackigen Stiefel.

»Joe scheint kein starker Mann zu sein, und gleich ist er gar keiner mehr. Dann hat er zwei Handicaps, keine Finger mehr und keinen Schwanz zum wichsen.«

Joe schrie inzwischen bestialisch, reckte die Hände in die Höhe, an denen inzwischen sämtliche Finger fehlten. Doch als die Säge aufwärtsging, versuchte er erneut, mit den Stümpfen das Unvermeidliche aufzuhalten.

Aber das Blatt trennte den Schwanz ab, worauf sich ein kräftiger Blutstrom zwischen den zerrissenen Stümpfen seiner Hände ergoss. Er wollte in die Knie gehen, aber das Sägeblatt stoppte unter seinem Kinn. Auch Joe hielt abrupt inne.

Die Frau bot ihm offensichtlich an, dem Ganzen ein Ende zu bereiten und ließ die Säge im Leerlauf vor sich hin knattern. Er schrie noch einmal trotzig, senkte dann aber seinen Körper, bis sich die Zähne der Säge in seinen Hals frästen.

Die Frau mit der Säge ließ sich Zeit. Nur langsam beschleunigte der Motor und riss einen Fetzen Fleisch nach dem anderen aus dem Hals des Verlierers. Das Blut spritzte in den Ausschnitt der Sägenfrau und lief in Strömen über ihre prallen Titten, um in ihrem geschnürten Korsett zu versickern.

Paul spürte, wie es in seiner Hose gewaltig spannte. *Ich habe noch nie so einen Ständer gehabt*, schoss es ihm durch den Kopf.

Währenddessen kippte der entmannte Verlierer zur Seite. Sein Kopf hing nur noch an ein paar Sehnen, die von der Säge jetzt noch professionell durchtrennt wurden, während sein Mund schaumiges Blut aushustete.

Auch Paul hustete, denn die Luft im Raum war inzwischen vom Qualm des Zweitaktmotors vernebelt.

Die Säge verstummte.

»So knapp dran und leider doch verloren, der arme Joe. Was soll's? Die Show muss weitergehen.«

»Dad, was ist das hier für eine Scheiße? Warum habe ich einen Riesenständer in meiner Hose?«, fragte Paul schockiert.

»Viagra, mein Junge, Viagra. Das haben wir eben getrunken, gibt's gratis zur Show dazu. Was denkst du, hat den armen Bauerntrampel dazu bewegt, seinen Pimmel steif in das Sägeblatt zu halten? Jeder Schwanz hier in der Halle ist hart wie Eichenholz, so lange, bis er abgetrennt wird.« Sein alter Herr ließ ein Kichern hören, das schon bald in einen Hustenanfall überging, als er den Qualm der Säge einatmete.

Nachdem er ein paar Mal tief durchgeatmet hatte, schaute er Paul tief in die Augen. »Junge, jetzt habe ich eine Überraschung für dich. Ich habe dich bei der Lotterie angemeldet!«

Und im selben Moment nannte Uncle Sam Pauls Namen.

# 3

Sarah wurde geweckt, als jemand an ihre Kiste klopfte. »Aufwachen, Mädchen!«

Die Prellungen an Stirn, Armen und Beinen schmerzten entsetzlich. Eine Eiseskälte durchzog ihren Körper.

»Lass mich raus!«, schrie sie und hielt den Atem an. Sie lauschte in der Erwartung, dass wieder nur ein dreckiges Lachen erklang.

»Jetzt holt sie schon raus, ihr sadistischen Bastarde, sie war lange genug da drin«, erklang eine dominante Frauenstimme. Das Summen des Elektromotors setzte wieder ein.

*Werden jetzt die Schrauben gelöst, die den Deckel halten?*

Sie drückte mit den Händen gegen das Brett über sich und spürte die Vibrationen der Maschine, die ihr hoffentlich die Freiheit brachte.

Kurz darauf wurde es gleißend hell. Sie kniff die verweinten Augen zusammen, um sie zu schützen.

»Na, das sind ja mal geile Titten, wär ’n Jammer gewesen, wenn die erstickt wäre.«

Das erste, was Sarah erkennen konnte, war der Lauf eines Gewehres, der auf ihr Gesicht zielte.

»Steh auf, Schlampe!«, befahl der Träger der Flinte unwirsch und trat gegen die Kiste, in der sie lag.

Zitternd versuchte sie aufzustehen, doch ihre Beine versagten den Dienst.

»Das arme Mädchen! Wie lange war die da drin?«

»Zwei Tage. Höchstens.«

»Ihr seid solche Idioten«, sagte die Frau und Sarah spürte, dass eine Hand die ihre ergriff und sie hochzog. Gleichzeitig fühlte sie, wie ein Rinnsal Pisse an ihren Oberschenkeln herablief.

Vor ihr stand ein schwarzgekleideter Mann mit einer Sturmhaube über dem Kopf. Im Sehschlitz waren zwei eiskalte blaue Augen zu erkennen. Langsam kam ihre Erinnerung wieder. Sie war Krankenschwester und hatte gestern noch Schicht geschoben.

*Gestern? Fuck, ich habe mehrere Tage in einer Kiste gelegen!*

Danach war sie noch auf einen Absacker in eine Bar gegangen und fand sich jetzt in diesem Albtraum wieder.

Die blauen Augen kamen ihr bekannt vor.

*Dieser Mann hat mich entführt*, wurde ihr plötzlich klar. *Vermutlich hat er mir K.-o.-Tropfen in den Drink getan und mich in seinen Wagen geschleppt.*

Neben ihm stand eine blondgelockte Frau, die in ein Lederkostüm gezwängt war. Sie war schon etwas älter, sah aber trotzdem aufreizend aus, was wahrscheinlich an ihrem gewaltigen Busen lag, der fast aus dem schwarzen Schnürkorsett quoll.

Sarah spürte die Hand der Frau in ihrer eigenen.

»Du armes Mädchen. Komm, wir duschen dich erst einmal und dann gebe ich dir etwas zum Anziehen. Die Männer hier sind doch alle herzlose Idioten.«

»Wo bin ich? Und wie bin ich hierhergekommen?«, fragte Sarah unsicher.

Der Mann drückte ihr den Gewehrlauf in den Mund. »Keine Fragen, sonst bist du tot. Dein Leben, wie du es kanntest, ist vorbei. Du bist jetzt unser Eigentum. Ist das klar, Schlampe?«

Die Frau schob den Lauf beiseite. »Da hat er leider recht, Süße. Doch mit seinem Eigentum geht man vorsichtig um, das ist klar«, besänftigte sie Sarah, die jetzt wieder weinte. Die Frau nahm sie tröstend in den Arm. »So, jetzt machen wir dich erst mal frisch, Mädchen.«

Sie führte Sarah durch den Raum, auf dessen Boden in großem Abstand mehrere zwei Meter lange Kisten lagen. Manche waren aus einem silbergrauen Metall und wirkten sehr stabil, andere waren aus einfachen Brettern zusammengenagelt.

*In so einer war ich eingesperrt – und ich bin nicht die Einzige*, stellte sie entsetzt fest.

»Keine Angst, du kommst nicht mehr in eine Kiste«, sagte die Frau, als sie Sarahs Blick bemerkte, und stieß eine Stahltür auf. Dahinter befand sich ein weißgekachelter Raum mit mehreren Duschköpfen an der Wand.

»So, Mädchen, es ist Zeit, sich schön sauber zu machen. Du riechst nach Pisse.«

*Die behandelt mich wie ein Baby*, schoss es Sarah durch den Kopf, während sie ein Stück graue Seife nahm, das ihr der Mann mit dem Gewehr hinhielt.

»Kann der nicht rausgehen?«, fragte sie zaghaft.

Die blonde Frau lachte. »Die Zeiten, schamhaft zu sein, sind vorbei, Kleine. Und jetzt werden wir dich ein bisschen fit machen. Du hast gleich deine erste Show.«

»Was für eine Show?«, fragte Sarah verwirrt und spürte, wie die Frau ihr zwischen die Beine griff.

# 4

»Dad, das soll wohl ein Witz sein!«, rief ich entsetzt.

Mein alter Herr grinste nur sardonisch. »Nein, Junge, du musst endlich auf eigenen Beinen stehen. Ich hoffe nur für dich, dass du gewinnst.«

Die schwarzgekleideten Männer kamen auf uns zu und zielten mit den Knarren auf mich. »Paul Chains, kommen Sie und lösen Sie ihre Wildcard ein«, forderte mich Uncle Sam auf.

Ich spürte, wie sich der eiserne Griff der beiden Männer um meine Oberarme legte, als ich von meinem Sitz gezerrt wurde.

»Da ist ja unser Kandidat«, plärrte es aus den Boxen, während ich gewaltsam zu dem Platz befördert wurde, der jetzt getränkt war mit Joes Blut. Seine Leiche wurde gerade hinter den Vorhang gezogen.

Sam nahm sein Mikrofon vom Tisch. »Na, Junge? Wie ich gehört habe, hat dich dein Vater angemeldet. Das sind ja wirklich reizende Familienverhältnisse. Ich gratuliere, Junge.«

Die Bilder, wie der arme Joe mit der Säge verstümmelt wurde, schossen mir durch den Kopf, während ich zum Rad gestoßen wurde. Dabei spürte ich den Lauf des Maschinengewehres in meinem Rücken.

*Das kann mein Vater mir doch nicht antun!*

Mit ziemlicher Sicherheit war das nur ein mieser Scherz. Doch mein Alter besaß kein Quäntchen Humor. *Das* würde er doch mit seinem eigen Fleisch und Blut nicht machen, oder?

Ich drehte mich um zu dem Kerl hinter mir. »Du schießt eh nicht, Mann. Mein Alter wird dich töten, wenn du das machst.«

Ich konnte erkennen, dass der Kerl unter seiner Skimaske grinste, er senkte das Gewehr und ich atmete erleichtert auf. Das alles war nur ein mieser Witz.

Doch dann gab er einen einzelnen Schuss auf meinen rechten Schuh ab. Der Schmerz war bestialisch, ich sackte zusammen. Dieses Arschloch hatte mir gerade einen Zeh weggeschossen!

Ich spürte, wie sich mein Schuh mit Blut füllte.

»Dreh an dem Rad«, befahl er schroff, als ich zu ihm aufsah und gerade schreien wollte.

Das Publikum applaudierte.

Ich sah, dass auch mein Dad klatschte.

*In was für einen Albtraum bin ich hier nur geraten?*

Ich erhob mich, ignorierte den Schmerz und humpelte zum Rad. Erneut spürte ich den nun heißen Lauf des Gewehres zwischen meinen Rippen. Zähneknirschend drehte ich an dem Ding, das mein Schicksal bestimmen sollte.

Wieder fing das Publikum an zu klatschen.

Klack, klack, klack, das Rad drehte sich langsam und langsamer, Säge, Kürbis, Huhn, Schwein und nackte Frauen. Ich spürte, wie meine Beine unter mir nachgaben. Uncle Sam griff mich am Ärmel, damit ich nicht umkippte. Oh Gott, gleich würde ich durch eine Motorsäge sterben. Oder vor Scham, wenn ich meinen harten

Schwanz, der unnatürlich gegen meine Hose drängte, in ein Huhn schieben sollte. Und hunderte von Männern würden dabei lachend zusehen.

Ich konnte nicht hinsehen, ich hörte nur, wie das Rad anhielt.

»Und wieder der Kürbis«, schrie Uncle Sam euphorisch. Er schlug mir mit der flachen Hand auf die Schulter.

»Vorwärts!«, kommandierte der Mann hinter mir, während mich Uncle Sam an die Hand nahm und zu dem Tisch führte, auf dem immer noch der Kürbis lag – mit Joes Sacksoße gefüllt.

Angewidert schaute ich das Ding an. »Kann ich nicht wenigstens einen frischen haben?«

Uncle Sam lachte nur. »Nein, Junge, eine unserer Grundregeln hier lautet: Nichts waschen und nichts verschwenden. Wenn du bis morgen überlebst, wirst du das verstehen.«

*Das klingt ja sehr aufbauend*, ging es mir durch den Kopf. Ich öffnete den Hosenlatz und zerrte meinen Schwanz ins Scheinwerferlicht.

*Fuck! Jetzt können hundert Leute dabei zusehen, wie ich einen beschissenen Kürbis ficken muss.*

Ich schaute zur Decke und glaubte, an den Verstrebungen zwischen den grellen Scheinwerfern mehrere Kameras erkennen zu können.

*Also ein paar Millionen Leute, die mir zusehen. Na, vielen Dank!*

»Nein, Junge. Komplett runter mit der Hose, damit das Publikum auch was davon hat.«

Ich öffnete den Gürtel und ließ die Jeans herabrutschen. Sollten ruhig alle meine dürren Beine und meinen Arsch sehen. War jetzt ohnehin schon egal, weil ich mein Ding gleich in den Kürbis stecken würde. Drauf geschissen! Bevor mir wieder einer in den Fuß schießen würde, schnappte ich mir lieber das Gemüse.

Ich führte meinen Schwanz ein. Im Inneren des Kürbisses war es kalt und verdammt schleimig.

*Danke, Joe!*

Na ja, der arme Kerl hatte seine Buße bereits getan.

Ich legte meine Hände um das Gemüse und stieß zu. Mein Schwanz fuhr locker in das kalte schleimige Innere. Es flutschte fast ohne Widerstand und ich fühlte nichts außer permanenter Demütigung. So würde ich auf jeden Fall niemals abspritzen.

Wenn schon unten nichts kam, so kam mir doch wenigstens eine Idee. Ich machte einfach ein paar Mal »ah« und sah Uncle Sam neben mir hoffnungsvoll an. Ich gebe zu, es war ein erbärmlicher Versuch, den der Typ offensichtlich nicht zum ersten Mal erlebte.

»Na, na … so nicht, Junge. Bei dir müssen wir wohl besonders aufpassen. Ich will deine Wichse sehen, sonst kannst du ficken, bis dir das Ding abfällt. Ohne einen schönen Halloween-Cumshot läuft gar nichts. Nicht wahr, verehrtes Publikum?«

Und die Menge tobte. Ich glaubte sogar, die Stimme meines Vaters herauszuhören.

Ich fing wieder an zu stoßen. Wenigstens war die Suppe im Inneren inzwischen angewärmt. Und so schaltete ich um auf Kopfkino, stellte mir Frauen mit melonengroßen Brüsten vor, die von riesigen Schwänzen gepfählt wurden. Überall festes Fickfleisch, das sich an mir rieb, Frauengesichter, die von Sperma geflutet wurden, und rosa Zungen, die alles gierig aufleckten.

Wow! Das funktionierte ja besser, als ich dachte. Ich spürte, wie meine Eier schon fast überkochten, zog ihn raus und spritzte dem Kürbis in sein orangefarbenes glattes Gesicht.

Wieder hörte ich Applaus. Ich hatte einen Kürbis gefickt – toll!

War es das, was mein Alter damit meinte, als er sagte, dass man sich als Mann bewähren musste?

»So, Junge, gratuliere! Die erste Runde hast du überstanden«, wurde ich von dem schlecht kostümierten Bastard gelobt. »Und jetzt wieder ab ans Rad!«

Mit diesen freundlichen Worten wurde ich zurück an das beschissene Glücksrad geschoben. Ich schloss die Augen und schob das Ding wieder an. Dieses Mal mit ordentlich Schwung. Es ratterte wie ein Maschinengewehr. Ich öffnete die Augen und sah, dass das Drecksding keine Anstalten machte, anzuhalten.

Ich drehte mich zum Publikum, das jetzt im Dämmerlicht saß, weil alle Scheinwerfer auf mich gerichtet waren. Dann streckte ich ihnen den Mittelfinger entgegen.

»Fuck you!«, brüllte ich, während hinter mir das Rad stetig langsamer wurde.

*Klack, klack, klack!*

Mir brach der Schweiß aus.

Ich wollte gar nicht wissen, wo es stehengeblieben war und starrte ins Halbdunkel vor mir, von wo jetzt Pappbecher und anderer Kram angeflogen kamen.

Das Publikum tobte, lachte und trampelte mit den Füßen auf den Bretterboden unter sich.

*Wo ist das Rad stehengeblieben?*

Ich wagte nicht, mich umzudrehen, mein Körper zitterte vor Angst. Da spürte ich die Hand auf meiner Schulter. Uncle Sam drehte mich herum und kommentierte: »Aha, wie wir bei uns auf dem Land so schön sagen: Du hast gerade eine der schönsten Partien gewonnen, die das Landleben zu bieten hat. Gratuliere, Junge.«

Als der Jubel nach ein paar Minuten verstummte, hörte ich lautes Quieken und Grunzen hinter dem Vorhang.

# 5

»Die Show deines Lebens, Mädchen«, sagte die Blondine und schob langsam einen Finger in Sarahs Muschi, während der Mann mit dem Maschinengewehr grinsend in ihr entsetztes Gesicht zielte.

»Ich muss doch erst mal testen, ob du überhaupt gut genug bist. Du kannst mich übrigens Barb nennen.«

»Ich will das hier nicht!«, stammelte Sarah. Sie spürte, wie ein zweiter Finger grob in ihren Po eindrang.

»Ich würde dir raten, uns zu gehorchen, sonst bist du bald Schweinefutter«, riet ihr Barb mit sanfter Stimme. Sie steckte ihr zärtlich einen Finger in den Mund, der jetzt nach Scheiße schmeckte.

*Meine Scheiße*, dachte Sarah und würgte.

Der Mann mit dem Maschinengewehr zurrte seinen Hosenstall auf und zerrte seinen Schwanz aus der Hose. Das Ding sah seltsam aus im kalten Neonlicht. Es war mit eitrigen Pusteln bedeckt, aus denen es ockergelb nässte. Die runzlige Haut war schuppig und weiße Flocken rieselten auf den Fliesenboden der Dusche, als er daran rumspielte.

»Keine Angst, das ist nicht ansteckend. Er muss nur regelmäßig gewaschen werden, das vernachlässigt unser John hier gern mal. Aber ich bin sicher, du kannst ihn schön sauberlutschen«, flüsterte Barb Sarah ins Ohr. Während sie sprach, schob sie Sarahs Kopf langsam auf das eitrige stinkende Ding zu. Ihr schoss ein Schwall

Kotze über die Lippen, dieselben Lippen, die eine Sekunde später die eitrige Eichel umschlossen. Noch schmeckte sie nur die bittere Brühe aus ihrem Magen, aber das änderte sich bald, als Barb mit einer Kraft, die Sarah ihr niemals zugetraut hätte, ihren Kopf langsam vor und zurückbewegte.

Dabei stach ihr der Lauf des Gewehrs jedes Mal, wenn sie vorgeschoben wurde, fast das linke Auge aus.

Sarah würgte und versuchte, den widerlichen Geschmack zu ignorieren.

*Ich muss das hinter mich bringen.*

Verzweifelt fing sie an zu saugen, ließ ihre Zunge rotieren. »Oh, das Mädel hat Talent!«, stellte der Mann fest.

Sarah griff mit einer Hand nach seinen Eiern. Am liebsten hätte sie die Dinger in ihren Händen zerquetscht, zu Brei zermahlen und die Masse dann in seinen Hals geschoben. Doch stattdessen massierte sie und gab sich alle Mühe, die schorfig schuppige Haut zu ignorieren, die zwischen ihren Fingern knisterte.

Schnell übertönte Johns Stöhnen das Rauschen der Dusche, deren Wasser hinter ihnen ins Leere lief. Auch Barb war sichtlich erregt. Aus dem Augenwinkel sah Sarah, dass sie sich an der Brust herumspielte, die jetzt aus dem Korsett hing. Barb zupfte an ihrer Brustwarze und kniff hinein, bis etwas Blut zwischen ihren Fingern herablief.

Die Fliesen waren rau und drückten gegen Sarahs Kniescheiben, doch wenigstens lenkte der Schmerz sie ab von der Eichel, die sich unbarmherzig in ihren Hals schob und sie würgen ließ. Während sie hustete, fühlte sie den warmen Rotz in ihre Speiseröhre schießen und John stöhnte bei jedem Stoß laut auf, bevor er seinen Schwanz herauszog und ihn Barb hinhielt, die die letzten Tropfen ableckte.

Sarah sackte zusammen und kauerte in Embryostellung auf dem kalten Boden, während sie leise vor sich hin würgte und wimmerte.

Barb nahm den Duschkopf und duschte sie ab. »Ist alles nicht so schlimm, Mädchen, du wirst dich dran gewöhnen. Ich habe mich am Anfang auch geekelt, aber es gibt Schlimmeres, als einen eitrigen Schwanz zu lutschen, glaub mir. Mit deiner Figur und etwas Girlie-Power kannst du es hier weit bringen. Du musst nur dein altes Leben vergessen, wir helfen dir dabei.«

Sarah spürte, wie Barb ihre Brust betastete, an ihren Nippeln rieb. »Ja, Mädchen, ich werde einen Star aus dir machen.«

Plötzlich gab es einen Stich in ihre Armbeuge und Sarah spürte rein gar nichts mehr. Sie hörte nur noch das besänftigende Rauschen der Dusche und fühlte sich leicht wie eine Feder. Sie schwebte über dem Szenario zweier Frauen, von denen eine der beiden nackt mit gespreizten Beinen auf dem Boden lag, während die andere mit Zunge und Finger in ihren Schoss eintauchte.

Der maskierte Mann stand daneben, mit einer Spritze in der Hand.

# 6

Und wieder spürte ich den Lauf des Gewehres in meinem Rücken, während ich auf das Schwein starrte, das von einem weiteren bewaffneten schwarzmaskierten Mann an einer Leine ins Scheinwerferlicht geführt wurde.

Es war ein riesiges, unglaublich fettes Tier mit schwarzen Flecken auf der borstigen Haut. Neugierig zerrte es an der Leine und fraß dunkelrote Sägespäne, die von Joes Blut getränkt waren.

Eine kleine Tribüne wurde aufgestellt, an der links und rechts Balken befestigt waren, wie man es vom Barrenturnen kennt. Ich hatte endlich den Mut gefunden, auf das Rad zu sehen. Das Schwein auf dem Foto, das offensichtlich mein Gewinn in dieser Runde darstellte, sah wesentlich attraktiver aus als dieses Monster, das jetzt auf die Barrentribüne geschoben wurde und blutgetränkte Sägespäne fraß. Nicht, dass es mir die Sache leichter gemacht hätte. Ich wurde mit zwei Gewehren zu dem Tier geleitet, das jetzt schon unwillig quiekte. Wahrscheinlich hatte es schon öfter Kontakt mit armen Verlierern wie mir gehabt und fühlte sich genauso missbraucht.

»So, Junge, und jetzt viel Spaß mit dem Schwein. Eine herkömmliche Sau war leider nicht vorrätig, deshalb musst du dich mit diesem wunderschönen Eber zufriedengeben. Aber ich denke, du weißt schon, wo du dein

Ding bei ihm reinstecken musst«, ereiferte sich Uncle Sam.

Mit Tränen in den Augen und Kürbiskernen unter der Vorhaut betrachtete ich das Tier von hinten. An der Rosette klebte noch etwas braune Kruste und einige Fliegen umkreisten das runzelige Loch, in das ich jetzt mit einem verzweifelten Aufschrei, der fast den Applaus des Publikums übertönte, meinen harten Schwanz hineinschob.

*Heiß*, dachte ich, *das Arschloch eines Schweines ist höllisch heiß.*

Der Ringelschwanz des Tieres kitzelte mich am Bauchnabel, doch mir war nicht gerade nach Lachen zumute. Den Zuschauern eindeutig schon. Ich schloss die Augen und versuchte meiner Fantasie freien Lauf zu lassen. Doch es war schwierig, sich zu konzentrieren, da das Schwein bei jedem Stoß quiekte und grunzte. Meine Hände krallten sich um die Balken rechts und links und ich schwang die Hüften vor und zurück. Wie sollte ich hier jemals abspritzen?

Das Publikum grunzte und verhöhnte mich auch noch in dieser unwürdigen Situation. Deutlich erkannte ich meinen alten Herrn in der geifernden Meute. Er stand in seinem weißen Anzug da und schwenkte seinen Hut, dieser verdammte irre Drecksack.

Der Gestank von Schweinescheiße zog mir stechend in die Nase. Ich zog mich zurück und umgriff angewidert mein braunschwarz verschmiertes Glied. Ich wichste mit geschlossenen Augen und versuchte, mir wenigstens ein paar Titten vorzustellen.

»Wichsen zählt nicht, das Schwein will auch was davon haben. Wenn du ihn nicht gleich wieder reinsteckst, fängst du dir eine Kugel, Kleiner!«, hörte ich Uncle Sams Stimme. Doch der kurze Moment mit der Hand hatte schon geholfen. Ich ließ die Augen geschlossen und dachte an meinen ersten Fick. Dachte an die erste süße Muschi in meinem Leben und drang wieder ein. Ich riss die Hände hoch und steckte mir die Finger in die Ohren, um den Pöbel und das Grunzen nicht mehr zu hören. Ich ignorierte auch den Rosettenschmand, der jetzt an meinen Ohren klebte. Das war es – ich hatte die Lösung gefunden.

Ich nahm meinen verschmierten Schwanz, rieb die Scheiße ab und drückte mir die breiige Masse in die Ohren. Jetzt hörte ich nur noch dumpfe Geräusche. Doch etwas anderes wurde immer lauter. Ihre raue Stimme, die sehnsüchtig forderte: »Fick mich, Paul!«

Ich konnte ihr Stöhnen hören, wie es voller Lust bei jedem Stoß meiner Hüften fordernder wurde: Danny, meine erste Liebe. Die erste Frau, die ich gefickt hatte – in der Scheune meines Alten. Da lag sie im Stroh unter mir und lächelte mich an, während die goldenen Halme ihr blondes Haar umrahmten wie eine Engelskrone. Ich hatte ihre Waden auf meinen Schultern und der Schweiß tropfte in Strömen auf ihren flachen Bauch.

Ich stieß und stieß sie immer wieder, ihre Möse umschmeichelte meinen Schwanz, der sie wie ein Presslufthammer über das duftende Strohbett schob.

»Ich komme gleich. Los, spritz ab, Süßer!«, seufzte sie honigsüß.

Ich konnte mich nicht mehr zurückhalten, zog ihn heraus, wichste und spritzte ihr auf die zarten Titten, die sich abrupt in einen borstigen Schweinearsch verwandelten.

Erschöpft kippte ich um, landete auf dem blanken Arsch und fühlte das blutgetränkte Sägemehl zwischen meinen Fingern.

Und das Publikum tobte.

# 7

Sarah fühlte bei all der Leichtigkeit auch ein Brennen im Magen. Sie würgte und hustete. Schleim und Sperma schoss zwischen ihren Lippen hervor und sie betrachtete fasziniert, wie die stinkende Brühe zwischen ihren großen Brüsten hinablief.

Jedes Zucken ihres Magens war ein orgastischer Hochgenuss, obwohl das jeder Logik widersprach.

*Sie haben mir Drogen gegeben*, sagte die Stimme ihres Verstandes leise in ihrem Kopf.

»Na, Mädchen, bist du wieder fit?«, hörte sie eine Männerstimme fragen. Sie spürte, wie zwei kräftige Hände in ihre Achselhöhlen griffen und sie vom Fliesenboden hochzogen. »So, ab in den Rollstuhl.«

Sie nahm verschwommen wahr, dass sie durch die Stahltür aus dem Duschraum geschoben wurde. Ein kalter Luftzug umspielte ihren nackten Körper.

»Bin aber nicht sauber geworden beim Duschen«, kicherte sie. Sie rieb mit den Fingern in dem Tal zwischen ihrem Busen und roch daran. Sie kotzte erneut, die Wärme des Erbrochenen auf ihrer Haut fühlte sich angenehm an in der kalten Luft.

Es ging einen grauen Flur entlang. Zur Linken sah sie einen umgitterten Schweinekoben. Der Mann schob sie an das Gitter und stellte sich neben sie. Er stützte seine Arme auf dem Geländer ab. Laut zog er den Rotz hoch und spuckte ins Gehege. Der Schleim traf eines der

Ferkel klatschend am Hintern. Es versuchte, durch Drehen und Verrenken die Leckerei zu erreichen.

»Der bedauernswerte Joe, jetzt ist er nur noch Schweinefutter«, sagte er lachend neben ihr und Sarah sah, dass sich zwei besonders hässliche Schweine im roten Schlamm um einen großen Brocken stritten.

Als sich ihr drogenumwölkter Blick etwas klärte, entdeckte sie zu ihrem Entsetzen, dass das eine Schwein ein Büschel sandfarbene Haare zwischen den Zähnen hatte und das andere an einem blutigen Stück Wirbelsäule kaute. In der Mitte wurde das bizarr verformte Gesicht eines Mannes hin und her gezerrt, dessen tote Augen sie vorwurfsvoll anstarrten. Ein Ferkel kam hinzu und verbiss sich in der Zunge, die verlockend herausbaumelte.

Eine Tür öffnete sich, durch die ein weiterer maskierter Mann kam. »Vorne wird was zu ficken gebraucht«, stellte er fest.

»Sie hier oder ein Schwein?«, fragte John und zeigte dabei auf Sarah.

»Nee, der hat den Hillbilly-Hauptgewinn gezogen. Ich soll den hässlichsten Eber bringen, den wir haben«, entgegnete der andere lachend.

»Gut, dann bringe ich die zugedröhnte Zuckertitte mal in den Nutten-Gemeinschaftsraum.«

»Nein, warte lieber mal hier, vielleicht wird sie gleich gebraucht.«

»Okay, dann schauen wir noch ein bisschen den Schweinen zu. Nicht wahr, Mädchen?« Sarah starrte gebannt auf das Ferkel, welches jetzt mit der abgerissenen Zunge in einer Ecke des Schweinekobens verschwand. »Wie süüüüß«, kicherte sie.

Das Entsetzen war einer euphorischen Gleichgültigkeit gewichen. Der schreckliche Anblick, wie diese stinkenden Tiere den Kopf eines Mannes in Fetzen rissen und schnaufend Stück für Stück in ihren gierigen Mäulern verschwinden ließen, erheiterte sie.

»O Mann, der Tussi habt ihr ja ’ne ordentliche Dosis verpasst.«

»Ja, die ist gut drauf, hat eben schon schön meinen Schwanz gelutscht.«

Der Typ warf einem der Schweine eine Leine um den fetten Hals und zog es aus dem Gehege, während er dem Tier lachend auf den Rücken schlug. »Die arme Sau, und damit meine ich nicht den Eber hier.«

Blut lief dem Tier aus der Schnauze und es zerrte an der Leine. Der gewaltige Eber hatte offensichtlich keine große Lust, den Stall zu verlassen.

»Komm, mein Hübscher, du wirst gleich richtig gut in den Arsch gefickt. Und das Beste ist, der Vater des Kandidaten ist ein echter Prominenter. Hat seinen eigenen Sohn angemeldet und sitzt grinsend im Publikum.«

»Ernsthaft? Du willst mich verarschen, oder? Wer tut denn so was seinem Sohn an?«

# 8

Uncle Sam reichte mir grinsend die Hand. Ich griff zitternd danach und versuchte, nicht auf meinen Schwanz zu starren, während er mich hochzog.

*Ich habe gerade ein Schwein in den Arsch gefickt!*, rotierte der Satz in meinen Gedanken.

Aus den Lautsprechern dröhnte Uncle Sams gehässiger Kommentar: »Ich glaube, ich habe ein Lächeln im Gesicht des alten Ebers gesehen. Respekt, Junge!«

Angewidert und beschmutzt stand ich da.

Das Publikum grunzte und trampelte mit den Füßen, während ich zurück zum Rad geschleift wurde und mit Tränen in den Augen trotzig daran drehte, bevor mich wieder irgendein Arschloch mit der Waffe bedrohte.

Ich hatte dieses Mal nicht viel Schwung eingesetzt, das Rad drehte sich langsam und ich konnte im oberen Bereich die Felder sehen. Gerade klackerte das Huhn vorbei, dann das Schwein, dann die Säge …

Es wurde schwarz vor meinen Augen und ich spürte nur noch, dass ich fiel. Jemand schlug mir ins Gesicht und ich erwachte mit Sägespänen im Mund. Das grelle Licht erinnerte mich daran, dass ich immer noch als Hauptfigur in diesem bizarren Spiel fungierte und die Sägespäne, welche ich jetzt aushustete, mit dem Blut meines Vorgängers getränkt waren.

Und wieder lachte das Publikum schallend auf.

Zitternd vor Anspannung erhob ich mich auf die Knie. »Was zeigt es?«, wollte ich wissen. Ich vermochte nicht, meinen Kopf zu heben. Die Angst war zu groß.

»Die Säge, Junge, die Säge!«, frohlockte Uncle Sam.

Totenstille herrschte im Raum und ich spürte, wie sich nun auch meine Blase entleerte.

# 9

Sarahs Kopf fiel auf ihre Brust. *Das war bestimmt eine Überdosis*, war ihr letzter Gedanke, bevor ihr der Schwindel die Sicht raubte.

Doch dann rüttelte jemand an ihren Schultern und schrie ihr ins Ohr: »Aufwachen, Mädchen! Dein Typ wird verlangt.«

Die eiskalten blauen Augen schwebten in dem Oval der Skimaske horizontal vor ihr und sie konnte eine Whiskyfahne riechen, die sich mit dem Geruch von Schweinkot mischte.

»Was ist los?«, gelang es ihr, schwach zu murmeln, da spürte sie schon, wie sich der Rollstuhl in Bewegung setzte. Verschwommen bekam sie mit, dass Türen geöffnet und hinter ihr wieder geschlossen wurden. Gelegentlich sah sie bewaffnete Männer, die den Mann hinter ihr grüßten und ihnen den Weg freimachten.

Zweimal spürte sie, wie ihr Busen betatscht wurde. Kraftlos versuchte sie, die starken Hände wegzuschieben, aber sie hatte keine Chance und musste auch diese Demütigungen über sich ergehen lassen.

Am Ende eines langen Flures, dessen Boden von braunroten Schleifspuren übersät war, wehte ein schwarzer Vorhang hin und her, vor dem sie jetzt abgestellt wurde. Der Lärm einer Menschenmenge toste dumpf durch den dichten schwarzen Stoff. Etwas klackerte immer langsamer und Sarah bemerkte, dass niemand mehr hinter ihr war.

*Ich muss hier weg!* Das war der erste klare Gedanke seit einer gefühlten Ewigkeit. Schwankend zog sie sich an dem Stoff des Vorhangs hoch und krallte sich darin fest. Ihre Fingernägel brannten und erinnerten sie daran, dass allesamt abgebrochen und blutig waren. Verzweifelt zog sie sich weiter hoch und spürte einen kalten Luftzug auf ihrem nackten Rücken. Das Knattern einer Kettensäge erklang plötzlich hinter ihr und ließ sie erschrocken zusammenzucken. Sie drehte den Kopf und entdeckte eine Gestalt, die der Hölle entsprungen sein musste: Eine Frau mit einem Schweinegesicht und einer laufenden Kettensäge lief auf sie zu und stoppte fluchend vor ihr. »Verarscht, Junge! Diesmal hast du dir einen Blowjob verdient«, erklang die Stimme eines Mannes.

# 10

Ich starrte auf das Foto einer nackten Frau, das wahrscheinlich aus einem Pornoheft herausgerissen worden war. *Ich werde leben*, war alles, woran ich denken konnte.

Sam grinste mich an und klatschte in die Hände. »Bringt das Mädchen her.«

Der Vorhang teilte sich und die Frau mit der Schweinemaske schob ein schwarzhaariges nacktes Mädchen in einem Rollstuhl vor sich her. Die junge Frau wirkte irgendwie weggetreten, Rotze lief an ihrem rechten Mundwinkel hinab, rann über ihren großen Busen und versickerte in ihrem nackten Schoß.

Einer der Sicherheitsmänner – oder was immer diese Typen darstellen sollten – trat auf das Mädchen zu und drängte ihr den Lauf des Gewehres zwischen die Lippen. »So, Mädchen, du wirst dem jungen Mann jetzt einen blasen. Und hüte dich, deine Zähne einzusetzen! Es sei denn, unser Kandidat besteht darauf«, insistierte Uncle Sam, der mich jetzt anstieß. »Viel Spaß!«

Ich blickte an mir hinab auf meinen Schwanz, der von der Schweinescheiße verkrustet war, und dann zu der jungen Frau, die entsetzt darauf starrte.

*›Nichts waschen und nichts verschwenden‹*, ging mir Uncle Sams Satz durch den Kopf, als er mich zu dem Mädchen im Rollstuhl schubste.

Und mein Schwanz stand immer noch wie ein alter Eichenast. Er hatte auch fast dieselbe Farbe. Ich schaute der bemitleidenswerten Frau in die Augen und flüsterte: »Es tut mir so leid.«

Als sie den Mund öffnete, um etwas zu sagen, schob die Frau mit der Schweinemaske den Rollstuhl voran, sodass ihre Worte von meiner mit Schweinescheiße beschmierten Eichel erstickt wurden.

# 11

Sarah starrte entsetzt zu dem Mann hoch, während sein Schwanz in ihren Mund gedrängt wurde. Ein widerlicher Geschmack breitete sich in ihrem Rachen aus, ein Geschmack, der schlimmer war, als alles bisher erlebte.

Fast sehnte sie sich Johns eitrigen Kolben herbei, aber es gab kein Erbarmen in diesem Albtraum.

»So, und nach dem saftigen Schweinearsch gibt es jetzt als Hauptgewinn einen schönen Blowjob von einer noch schöneren Lady. Haben Sie schon mal solche Titten gesehen?«, wollte eine laute Stimme wissen.

Sarah spürte wieder eine fremde Hand an ihrer Brust. War sie nur noch eine lebende Sexpuppe, ein Stück Fleisch, in die jeder seinen dreckigen Schwanz stecken konnte? Tränen liefen über ihre Wangen und vermischten sich mit der … Ja, was war das eigentlich, das ihr den Mund verklebte?

*Schweinearsch!*, das bedeutete, sie hatte Schweinescheiße im Mund. O Gott!

Magensäure schoss nach oben und wollte heraus. Doch sie wurde von hinten angeschoben und der harte Schwanz drängte sich brutal in ihren Rachen.

»Es tut mir leid«, wiederholte der Mann immer wieder.

Es gab nur einen Weg, hier herauszukommen. Denselben Weg, den sie vorhin schon eingeschlagen hatte.

Er musste kommen! Denn wenn er abspritzte, war die Qual vorbei. Die Hoffnung stirbt schließlich zuletzt.

Sie schaute nach oben, wackelte mit dem Kopf und suchte seine Augen.

# 12

Ich verstummte, als ich ihre Kopfbewegungen bemerkte, und sah hinab. Versuchte, meinen mit Scheiße beschmierten Riemen zu ignorieren, der halb von meiner Hüfte vorgestoßen und halb von der Frau hinter dem Rollstuhl in den Kopf des bedauernswerten Mädchens geschoben wurde. Mein Schwanz steckte tief in ihrer Kehle, was mir aber keinerlei Erregung verschaffte.

Sie nickte und ich begriff, was sie wollte. Wir mussten zusammenarbeiten, um hier herauszukommen.

Plötzlich spürte ich ihren Finger in mein Arschloch eindringen. Gut, damit konnte ich arbeiten. Kopfkino an …

Sie war sehr geschickt mit ihrem Finger, der sich wie eine kleine Schlange in mir bewegte. Fuck! Das war geil, aber immer wieder mischte sich der Schweinearsch in meine Sexfantasien ein. Ich öffnete meine Augen und starrte auf ihre Titten, die zwar lasziv auf und nieder wippten, doch leider mit einem Streifenmuster aus Scheiße, Kotze und Tränen bedeckt waren.

*Schokolade, alles nur Schokolade.*

Ich rief mir die Erinnerung ab, als Danny meine Eichel spielerisch in ein Glas Schokosauce tauchte. Sie hatte einige raffinierte Ideen gehabt, die mich, der gerade erst seine Jungfräulichkeit verloren hatte, fast in den Wahnsinn trieben. Diese unglaubliche erotische Eskapade war noch nicht so lange her und hatte sich tief in mein Gedächtnis eingebrannt.

Mit einem verwegenen Lächeln hatte sie gierig an meinem Schwanz gesaugt, die braune Masse mit ihrem Speichel verdünnt und die Schokolade so über den Schaft verteilt. Hatte immer und immer wieder etwas von der Schokolade in ihren zarten Händen verrieben, mich massiert, wieder gelutscht und ihre Zunge über die braune Spitze kreisen lassen.

Als ich damals schon kurz vor dem Explodieren war, hatte sie mir ihren süßen Arsch gezeigt und dabei unschuldig gekichert: »Wenn er denn schon mal braun ist.«

Ich hatte rasend vor Geilheit ohne Vorwarnung ihr Poloch aufs Maximum gedehnt und sofort in ihr abgespritzt.

# 13

Sarah spürte seinen Samen, der heiß in ihren Mund schloss, und zog den Finger aus seinem Hintern. Mit aller Kraft schob sie ihr Gesicht von seinen Hüften weg.

Uncle Sam starrte fasziniert auf den weißbraunen Faden, der Pauls Eichel mit Sarahs Zunge verband und plärrte in sein Mikrofon: »Da haben wir wohl ein neues Traumpaar gefunden. Und jetzt bück dich und gib deinem Mädchen einen Kuss, Junge.«

Paul starrte Uncle Sam entgeistert an.

»Nur ein Scherz! Ach, die Jugend von heute versteht einfach keinen Spaß mehr.«

Sarah kotzte ein weiteres Mal über ihre Titten, bis sie einen regelrechten See aus Scheiße, Sperma und Magensäure im Schoss schwappen hatte, als sie von der Schweinemaskenfrau wieder hinter den Vorhang geschoben wurde.

# 14

»Für heute war's das, du kannst die Hose jetzt wieder hochziehen«, erklärte Uncle Sam leise.

Ich bückte mich. Und während ich meine Blöße bedeckte, wurde mir eins bewusst: *Für heute?!*

Also war diese bizarre Nummer noch nicht vorbei.

Einer der schwarzgekleideten Männer packte mich mit stählernem Griff am Arm und zog mich hinter den Vorhang. Zu schade, denn ich hätte zu gern meinem Vater noch ein paar dankende Worte gesagt. Dieser verdammte Schwanzlutscher! Ich schwor mir, ich würde ihn töten, wenn ich ihn in die Finger bekam.

»Und was habt ihr Arschlöcher jetzt mit mir vor?«, fragte ich wütend. Doch ich wurde einfach nur durch einen endlosen Flur gezerrt wie eine Stoffpuppe, der Kerl war verdammt kräftig.

Nach einer gefühlten Ewigkeit kamen wir zu einer Tür, an der ein Schild mit der Aufschrift ›Backstage‹ hing.

*Ernsthaft?*

Der Kerl nahm ein großes Schlüsselbund vom Gürtel und sperrte die Tür auf. »Rein da!«, knurrte er und stieß mich in den Raum. »Hier wirst du die nächsten drei Tage wohnen, Junge. Also mach's dir bequem! Das Scheißhaus ist da links hinter der Tür. Vielleicht bekommst du gleich noch Gesellschaft von ein paar anderen Schweinefickern.«

Mit einem lauten Knall fiel die Tür hinter mir in Schloss.

Ich war allein.

In dem Raum gab es vier Stockbetten und einen großen schwarzen Tisch in der Mitte. Darauf standen drei Schnapsflaschen. Acht Stühle standen ordentlich um den Tisch herum. An der Wand hing ein großer Flachbildfernseher. Es gab kein einziges Fenster. Ein paar Neonröhren summten an der Decke vor sich hin und tauchten den Raum in ein bläulich kaltes Licht.

Endlich konnte ich das gerade Erlebte verarbeiten. Doch erst einmal wollte ich mich waschen, denn ich fühlte mich unendlich besudelt.

Also ging ich erst einmal das ›Scheißhaus‹ inspizieren. Es gab nur eine Kloschüssel, deren Innenleben gelb verkrustet war. Noch nicht einmal ein Waschbecken war vorhanden. Ich kniete mich vor die Schüssel, griff in das Wasser und begann, mich notdürftig zu waschen.

Tränen schossen mir in die Augen. Tausende von Fragen und keine Antworten. Was erwartete mich morgen? Würde ich diese Scheiße überhaupt überleben? Und wenn, wäre ich für den Rest meines Lebens der Typ, der das Schwein gefickt hat? Warum hatte mein Alter mir das angetan?

Während mir diese Gedanken durch den Kopf gingen, wusch ich mir die Reste der Schweinescheiße vom Leib. Natürlich gab es in meinem offensichtlichen Gefängnis keine Seife und auch kein Handtuch. Also rieb ich mich mit meinem Hemd notdürftig trocken und schaltete den Fernseher an. Das Bild, das mich dort erwartete, kam mir recht bekannt vor. Ein großer rothaariger Mann stand hinter einem Schwein, rollte mit den Augen und kippte dann um. Applaus.

Ich schalte den Fernseher aus, setzte mich an den Tisch und nahm mir eine Flasche *Jack Daniels*.

Der Schnaps half ein wenig, die Schmach zu verdrängen, aber ich musste auch an das arme Mädchen denken. Sie hatte offensichtlich unter Drogen gestanden und bestimmt nicht freiwillig die Scheiße von meinem Schwanz geleckt.

Müde stützte ich den Kopf auf den Tisch und schloss die Augen. Wenigstens für einen Moment.

Ich schreckte hoch, als die Tür sich öffnete und der rothaarige Mann zu mir in den Raum gestoßen wurde. Er war ein riesiger Kerl, fast doppelt so breit wie ich, sein dümmliches Gesicht war komplett mit Sommersprossen gesprenkelt. Er grinste mich schief an, während die Tür hinter ihm zugeworfen wurde.

»Hi, ich bin Will«, stellte er sich vor. Eine gewaltige Pranke streckte sich mir entgegen.

Ich schaute angewidert auf seine Hand. »Ich bin Paul. Wie wäre es, wenn du dich erst mal wäschst?«

Er wischte sich die Hand an der Latzhose ab und sah sich im Raum um. Als er das Klo entdeckte, ging er darauf zu und zog sich aus.

Nachdem er sich gewaschen und wieder angezogen hatte, setzte er sich zu mir an den Tisch. Ich hatte inzwischen den Fernseher wieder eingeschaltet und sah entsetzt zu, wie dort gerade die Säge zum Einsatz kam.

»Wow, die arme Sau! Der hat gleich in der ersten Runde Pech gehabt«, sagte Will lachend. Er griff sich die Flasche und nahm einen guten Schluck, während wir zusahen, wie dem Mann im Fernseher eine Hand abgesägt wurde, weil er damit seinen Schwanz retten wollte. Stur hielt er sie über seine Eier und das Sägeblatt fräste sich in seinen Unterarm.

Sein bärtiges Gesicht öffnete sich zu einem lautlosen Schrei. Ich hatte den Ton abgeschaltet.

»Tja, dabei hat Rob immer damit geprahlt, dass er so viel Glück im Spiel hat«, kicherte Will.

Besagter Rob starrte gerade auf seinen rechten Armstumpf, aus dem das Blut in einem kräftigen Strahl auf den Boden spritzte. Die Sägenfrau mit der Maske drehte anmutig eine Pirouette, bevor sie am anderen Unterarm des Mannes ansetzte. Der versuchte wegzulaufen und einer der Bewacher zielte mit seinem Gewehr auf ihn, doch der unglückliche Rob stolperte und fiel lang hin.

Das Sägeblatt setzte erneut an seinem Fleisch an. Dieses Mal schnitt sie ihm oberhalb seiner Füße die Sehnen durch. Offensichtlich wollte die Frau jeden weiteren Fluchtversuch unterbinden. Aber damit gab sie sich noch nicht zufrieden und amputierte schließlich beide Füße. Rob knallte auf den Boden und wurde von einem der Helfer auf den Rücken gedreht. Das Blut spritze pulsierend aus seinem Armstumpf. Mit der verbliebenen Hand versuchte er, die Blutung zu stoppen, doch die Säge trennte auch diese ab, bevor die Kette vom Boden gestoppt wurde. Der Motor ging aus.

Rob füllte die plötzlich entstandene Stille mit seinen Schreien, die vom Publikum schnell mit tosendem Applaus übertönt wurden. Die Frau mit der Schweinemaske riss am Anlasser, der Motor startete erneut und wieder zielte das Sägeblatt auf seinen Schwanz, der jetzt mit dunkelroten Sägespänen verklebt war.

Die Spitze bohrte sich in seinen Oberbauch und ging einmal rund, sodass eine weitere Blutfontäne aus seinem Schritt schoss.

Rob schrie irgendetwas und ein Mann richtete sein Gewehr auf ihn. Doch die Säge schnellte an den Hals des schwarzgekleideten Mannes, bis dieser erschrocken einen Schritt zurückwich. Er überließ den verstümmelten Mann wieder der unbarmherzigen Maskenfrau, die nun an Robs Stirn ansetzte und ihre Säge in seinem Gesicht versenkte, während er mit den blutigen Armstümpfen das Unvermeidliche verhindern wollte.

Will neben mir grinste. »Na, da habe ich mit zweimal Huhn und dem Schwein ja echt Glück gehabt.«

# 15

Sarah lag auf dem Fliesenboden und spülte sich mit dem Duschkopf dem Mund aus. Sie schluckte Unmengen Wasser und kotze es wieder aus. Doch auch nach zehn Minuten, die sie mit schlucken und kotzen verbrachte, schmeckte sie immer noch die Schweinescheiße in ihrem Rachen.

Wenigstens ließ die Wirkung der Drogen nach. Immerhin konnte sie die letzten Meter zur Dusche gehen, bevor sie auf den kalten Fliesen zusammenbrach.

Ein Wächter stand an der Tür und beobachtete sie. Die Tür öffnete sich und die Frau mit der Schweinemaske kam herein. Sie war blutüberströmt und stellte sich bekleidet unter den Strahl der Dusche.

Barb zog die Maske von ihrem Gesicht und wusch sich das Blut ab.

»Schmeckt echt scheiße. Nicht wahr, Mädchen?« Sie lachte und stieß Sarah mit dem Fuß an.

»Warum macht ihr das?«, fragte Sarah weinend.

»Geld. Warum denn sonst? Was glaubst du, was die Trottel da draußen zahlen? Drei Tage Arbeit, dafür gibt's Kohle ohne Ende. Und die Action ist auch nicht zu verachten. Wann hat man sonst schon mal die Gelegenheit, ein paar Trotteln mit einer Kettensäge den Schwanz zu amputieren oder einer süßen Schnecke wie dir die Muschi zu lecken? So, genug gequatscht. Komm, ich zeige dir dein Lager.«

Mit triefnassen Lederklamotten ging sie zur Tür und starrte Sarah an.

»Jetzt komm schon, heulen kannst du später.«

Sarah stand auf und ging zitternd auf Barb zu. »Mir ist kalt und ich brauche was zum Anziehen.«

»Jaja, du kriegst gleich Klamotten«, murmelte Barb und schob sie durch die Tür, wo sie einem Wachmann zunickte. Sie gingen an dem Schweinestall vorbei, der Mann vom Sicherheitsdienst folgte ihnen. Barb schloss eine schwere Stahltür auf und schubste Sarah in einen vier mal vier Meter großen Raum, in dem ein paar Matratzen auf dem kahlen Boden lagen. Auf drei davon saßen Frauen, die sie gelangweilt anschauten und dann wieder leise miteinander redeten. In der Mitte des Raumes lag ein unordentlicher Haufen Kleider, die Luft roch streng nach ungewaschenen Körpern.

Die drei Mädchen schauten Sarah desinteressiert zu, als sie in dem Kleiderhaufen herumwühlte.

»Na, wie gefällt dir unsere Garderobe?«, fragte eine von ihnen hämisch. Alle drei sahen ziemlich fertig aus, hatten fettige Haare und bleiche Gesichter mit tiefen Augenringen, die in dem unbarmherzigen Neonlicht besonders gut zur Geltung kamen.

Die vorderste, eine dürre Brünette, fragte: »Kriegen wir etwas Stoff, Barb? Uns geht's echt dreckig.« Sarah sah, wie sich die Frau auf ihren zerstochenen Armen abstützte, dann schaute sie zu Barb, die lachend antwortete: »Wohl erst, wenn die Show rum ist, sonst seid ihr nachher zu stoned, um Schwänze zu lutschen.«

Ein Lautsprecher knisterte im selben Moment an der Decke. Alle drei starrten erschrocken nach oben.

»Wie auf's Stichwort. Na, wer von euch drei Grazien ist dran?«, meinte Barb neugierig.

Eine der Frauen stand auf, sie war unter ihrer Decke nackt. Sarah entdeckte Spuren von Unterernährung und Verwahrlosung. Die Rippen zeichneten sich deutlich ab und ihre prallen Silikonbrüste wirkten deplatziert an dem mageren Körper. Die anderen zwei riefen höhnisch im Chor: »Viel Spaß!«

»Jaja, bei meinem Glück erwische ich wieder eine Schokostange.«

Sarah schossen die alten Bilder durch den Kopf. Ihr Magen schickte einen Stoß Kotze hoch und sie würgte.

Die beiden Frauen auf den Matratzen lachten gehässig.

»Na, hast auch schon eine gelutscht, was? Schweinescheiße ist halt keine Schokolade.«

Barb schubste Sarah auf die freie, von Flecken übersäte Matratze, wo sie sich zusammenkauerte und das Wasser, das sie eben unter der Dusche getrunken hatte, wieder auskotzte.

# 16

Mein Fuß schmerzte bestialisch. Ich schnürte vorsichtig meinen Schuh auf und zog ihn herunter – nicht ohne laut aufzuschreien, was bei Will nur ein lautes Lachen hervorrief.

Dieser verdammte Idiot war eh nicht ganz dicht oder einfach nur dumm wie Scheiße.

Ich riss mit Schwung die mit Blut vollgesaugte Socke von meinem Fuß und erkannte entsetzt, dass ein Zeh fehlte. Aus der Wunde sickerte immer noch Blut. Ich ergriff die Socke mit spitzen Fingern, schüttelte sie und der abgetrennte Zeh fiel zu Boden.

»Fuck!«, fluchte ich. *Wenn das nicht verbunden wird, könnte ich bis morgen tot sein.*

Hinkend schleppte ich mich bis zur Stahltür, wobei ich eine Blutspur auf dem Boden hinterließ, und schlug mehrmals dagegen. Ich konnte nur hoffen, dass mich da draußen jemand hörte und dass ich wichtig genug war, damit sie mich nicht einfach hier verbluten ließen. Zu meiner Erleichterung wurde die Tür fast direkt aufgerissen.

Ein maskierter Mann fauchte mich an: »Was willst du?« Währenddessen richtete sich sein Gewehr auf meinen Bauch.

»Wer ist hier eigentlich für diese abartige Nummer verantwortlich?«, maulte ich ihn an.

»Das geht dich nichts an, du Penner.«

Er wollte die Tür wieder schließen, aber ich schob meinen gesunden Fuß in den Spalt. »Ich blute am Fuß, wenn das nicht versorgt wird, bin ich bis morgen vermutlich tot.«

Er öffnete die Tür wieder und schaute nachdenklich auf die Sauerei, die meine Wunde auf dem Boden verursacht hatte.

»Okay, ich sage Bescheid. Du wirst ja morgen noch gebraucht.« Mit einem gehässigen Lachen schloss er die Tür vor meiner Nase.

»Du bist hier wohl der Star dieses Jahr«, stellte Will anerkennend fest, als ich auf ihn zu humpelte und mich wieder an den Tisch setzte.

»Wieso sollte ich hier der Star sein?«, fragte ich ihn und kippte einen ordentlichen Schuss Whiskey über meinen Fuß.

»Hey, verschwende nicht den Schnaps! Den Sohn von Chains werden sie bestimmt nicht verbluten lassen.«

»Was? Was hat mein Alter mit der Scheiße hier zu tun?« Ich starrte ihn fassungslos an.

Ein feistes Grinsen tauchte in seinem Gesicht auf. »Wie, du weißt es gar nicht? Dein Vater hat die Lotterie das erste Mal überhaupt gewonnen.«

# 17

Sarah hatte sich kaum unter der stinkenden Decke verkrochen, um einen klaren Gedanken zu fassen, da hörte sie eine Männerstimme. »Ich habe gehört, du bist Krankenschwester?« Sie spürte, dass jemand sie in die Seite trat. Nicht fest, aber doch grob wurde sie unter der Decke hervorgezerrt.

»Steh auf, zieh dir was an und komm mit.«

Sie stand von der Matratze auf und griff sich in dem Kleiderhaufen ein geblümtes Kleid. Ohne auf den fauligen Gestank zu achten, den der verschlissene Stoff verströmte, zog sie es sich über und folgte dem Mann, während sie sich die Tränen aus dem Gesicht wischte.

An einem Schrank hielt er an und griff sich einen Verbandskasten, den er Sarah in die Hand drückte.

Sie gingen noch eine Weile, während Sarah immer wieder die Menschenmenge toben hörte.

*Wie komme ich hier bloß raus?*, fragte sich Sarah krallte ihre Finger um den Verbandskasten.

Sie wurde in einen Raum geschubst, in dem zwei Männer an einem großen Tisch saßen.

»Mein Vater hat bei dieser Scheiße mitgemacht?«, sagte der, dem sie vorhin den Schwanz blasen musste. Er bemerkte Sarah. »Du? Das tut mir leid, das von eben, ich wurde dazu gezwungen, die Bastarde haben mir sogar in den Fuß geschossen«, stotterte er.

Sarah versuchte, die Situation mit ihrer beruflichen Kompetenz zu kontrollieren und öffnete den Verbandskasten. »Zeigen Sie mir die Wunde.«

Will beachtete Sarah gar nicht und quatschte einfach weiter. »Dein Vater ist hier in der Gegend ein Held. Er hat in der ersten Runde angeblich dreimal das Schwein erwischt und am Ende die Million gewonnen. Keiner hat es seitdem wieder geschafft.«

»Und du? Wie bist du hierher geraten?«, fragte Paul ihn und beobachtete, wie die Frau mit geschickten Händen meinen Fuß verband.

»Ich will die Million gewinnen, ist doch klar, Mann. Wenn ich ein bisschen mehr Glück habe als der da …« Will zeigte auf den Bildschirm an der Wand, wo gerade ein Mann ohne Hosen versuchte, ins Publikum zu laufen. Er wurde jedoch abrupt gestoppt, als sich ein Kettensägenblatt von hinten zwischen seine Beine schob. »Ja, dann bin ich in drei Tagen Millionär, genau wie dein Alter.«

Alle starrten gebannt auf den Monitor, wo sich das Sägeblatt immer höher schob. Will drehte am Bildschirm den Ton an. Das Knattern der Säge erfüllte plötzlich den Raum. Die Frau mit der Schweinemaske balancierte den dünnen Mann geschickt darauf, während sich die Säge immer weiter hocharbeitete und ihn in zwei Hälften teilte und seine Glieder dabei zuckten und zappelten. Unmengen von Blut spritzten auf den Boden, über dem sie lässig mit gespreizten Beinen in ihren High Heels stand.

Das Publikum übertönte jetzt mit seinem Applaus das Motorengeräusch der Säge und die entsetzlichen Schreie des Mannes.

Sarah verfolgte angewidert, was Barb – trotz der Schweinemaske war sie offensichtlich zu erkennen – in dieser bizarren Show trieb.

»Das ist doch vollkommen verrückt«, sagte sie. »Wie kann man sich für so etwas freiwillig melden?«

»Hast du eine Idee, wie man von hier abhauen kann?«, flüsterte Paul ihr zu.

Sie blickte zu ihm hoch. »Ich bin von den Typen entführt worden. Das komplette Gebäude ist voll mit bewaffneten Männern. Die haben mir Drogen gegeben. Auch ich wäre für jede Fluchtmöglichkeit dankbar.«

Im selben Moment wurde die Tür aufgestoßen und einer der Wächter kam herein. »Sieh zu, dass du fertig wirst, Zuckertitte!«

Sie drehte sich um. »Ich heiße Sarah, du Arschloch.«

Sie wickelte den Rest des Verbandes um Pauls Fuß, schnitt mit der Verbandsschere ein Stück Klebestreifen ab und ließ die Schere in einer Tasche des ausgeleierten Kleides verschwinden.

Der Wächter bemerkte davon nichts, da er grinsend auf den Bildschirm starrte, wo Barb gerade ihr Opfer in Stücke schnitt.

»Aufstehen, du Fotze, wir sind hier fertig!«, befahl er dem Mädchen. Sarah!

Paul schaute zur Tür, die hinter ihr ins Schloss fiel.

Ein tolles Mädchen, an das er sich in der normalen Welt, die bis vor ein paar Stunden noch seine Realität gewesen war, bestimmt rangemacht hätte. Doch jetzt saß er hier, neben ihm der etwas zurückgebliebenen Will, und wartete.

Der nächste Kandidat wurde im Fernseher von Uncle Sam angekündigt. Ein glatzköpfiger Typ mit durchtrainiertem Körper und unzähligen Knasttätowierungen. Fuck! Der Typ hatte sogar ein Hakenkreuz auf der Stirn.

Er drehte jetzt das Rad und wendete sich dem Publikum zu. Dabei spreizte er die Arme und ballte die Fäuste, dann schrie er wie ein Tier.

Das Rad verstummte hinter ihm. Er hatte eins der Nacktfotos erwischt und Paul hoffte für Sarah, dass sie nicht wieder fällig war.

Eine dürre brünette Frau kam nackt hinter dem Vorhang hervorgestolpert. Der glückliche Sieger knöpfte sich die Hose auf und sein Schwanz sprang der Frau wie eine stählerne Feder entgegen.

Sie fiel vor ihm auf die Knie und gähnte demonstrativ. Der Glatzkopf griff sich ihre Ohren und rammte seinen Schwanz in ihren Mund. Daraufhin fing sie an, ihren Kopf lustlos vor und zurück zu bewegen.
Das gefiel dem Nazi scheinbar nicht so gut, denn er begann, mit der Faust auf ihren Kopf einzuschlagen. Immer und immer wieder.

Das klatschende Geräusch war erschreckend gut herauszuhören, obwohl das Publikum laut applaudierte.

Die Frau lutschte unbeirrt weiter, bis der Nazi seinen Schwanz aus ihrem Mund zog und ihr ins Gesicht schlug. Seine knochige Faust traf mehrfach Augen und Lippen. Die Frau blutete aus diversen Platzwunden, schaute mit flehendem Gesichtsausdruck zu ihm hoch, aber er machte zielsicher weiter. Unbarmherzig schlug er sie mit einer Hand, während er mit der anderen wichste.

Immer wieder sauste die Faust hinab, auf Augen und Mund, Jochbein und Nase. Er tobte sich an ihrer mageren Visage richtig aus.

»Junge, du bist mir ja ein echter Romantiker. Aber du hast sie gewonnen, also kannst du mit ihr machen, was du willst«, schlug Uncle Sam vor, der grinsend danebenstand.

Die Frau spuckte Blut und Zähne, während sie immer noch mit der Faust traktiert wurde. Dann brach sie zusammen und rührte sich nicht mehr. Der Typ stellte sich breitbeinig über sie und wichste seine Ladung auf ihr zu Brei zerschlagenes Gesicht.

Einer der Wächter griff kurz darauf ihren Fuß und schleifte sie weg, während der kahle Psychopath schon wieder an dem Rad drehte.

*Lebt sie noch oder hat der Irre sie totgeschlagen?*

Das Rad hielt an.

Dieses Mal erwischte der Kerl das Huhn. Wieder machte er die Siegerpose, während man das arme Tier brachte. Er griff sich das zappelnde Federvieh, drehte ihm den Hals um und bearbeitete es. Grinsend rammelte er das tote Tier, als gäbe es nichts Schöneres auf der Welt.

»Der Typ ist ja geil.« Will war begeistert.

Paul starrte ihn fassungslos an. Dann stand er auf und ging in die kleine Toilettenkabine. Er spülte mehrfach und trank mit beiden Händen aus der dreckigen Kloschüssel.

So tief war er schon gesunken, doch er musste bei Kräften bleiben.

Wenigstens wirkte das Scheißviagra nicht mehr und Paul konnte endlich pissen, ohne sich den Schwanz zu brechen.

»Dieser Bastard! Der hat schon wieder ein Weib gewonnen«, rief Will.

Paul ging zurück zum Fernseher, denn er wollte wissen, ob es Sarah war. Doch der Wächter schleifte die reglose Frau von vorhin wieder nach vorn. Sie wurde an ihren langen Haaren durch Dreck und Sägespäne gezogen.

*›Nichts waschen und nichts verschwenden‹*, gingen Paul Uncle Sams Worte wieder durch den Kopf.

Der Körper der Frau wurde mit Tritten bearbeitet und langsam bestätigte sich sein Verdacht, dass sie nicht mehr lebte.

Aber plötzlich bewegte sie sich, stemmte sich auf die Knie und kroch auf den sadistischen Drecksack zu. Sie grinste mit ihren zerschlagenen Lippen, spuckte in das blutige Sägemehl und hob den Kopf. Der Nazi rammte erneut seinen Schwanz in ihren jetzt fast zahnlosen Mund.

Mein Gott, was waren das für durch und durch abartige Personen?

Trotz all der Gewalt hatte man das Gefühl, als ob die beiden ein eingespieltes Team wären. Ein Lächeln bildete sich um seinen Schwanz und sie begann wieder zu lutschen. Ihre blutverschmierte Zunge wanderte über seine Eichel, er zerrte an ihren Haaren, riss ein großes Büschel aus und klemmte es sich zwischen die Zähne. Spielerisch saugte sie seinen besudelten Schwanz immer wieder ein, ließ ihn los und schlug dagegen.

Eine kleine Hühnerfeder flog davon. Die Brünette spielte an ihren mageren Titten und würgte gelegentlich, weil sie die Rute zu tief hineinsaugte.

Blutiger Schaum bildete sich an ihren Mundwinkeln und wieder hagelten Schläge auf den Schädel der Frau. Ihre Frisur wies jetzt große Löcher auf, aus denen das Blut dunkel hervorquoll.

Der Glatzkopf bekam einen roten Kopf, stöhnte laut und stieß die Irre von sich. Sie stand auf, rotzte dem Mann seine Ladung Sperma mit Blut vermischt ins Gesicht, verbeugte sich vor dem Publikum und torkelte davon.

# 18

Kurz darauf öffnete sich die Stahltür und der Glatzkopf kam zu uns hereinstolziert – nicht ohne uns mit einem freundlichen »Na, ihr Schwuchteln?« zu begrüßen. Seine Wichse und das Blut der Frau klebten ihm immer noch im Gesicht.

Er ging auf Will zu und ballte die Fäuste. »Leck 's ab, sonst schlag ich dich tot!«

Will starrte ihn angsterfüllt an. Sein Gesicht glühte rot und der riesige Unterkiefer zitterte unkontrolliert.

Da ertönte eine Stimme aus einem Lautsprecher an der Decke: »Wer einem anderen Kandidaten körperliche Gewalt antut, wird sofort exekutiert.«

»Ist ja schon gut, war nur ein kleiner Spaß«, sagte der Mann mit zur Decke gerichtetem Blick.

Bei näherer Betrachtung entdeckte ich auf seinem freien Oberkörper, dass die meisten seiner Tätowierungen irgendwelche Nazisymbole enthielten. Sie sahen aus, als hätte sie ein Kind gestochen.

Er wischte sich mit der Hand durchs Gesicht, leckte sich die Brühe von den Fingern und steckte mir die alles andere als saubere Hand entgegen.

»Hi, du kannst mich Landser nennen.«

Ich beachtete seine Hand nicht weiter. »Bist du Deutscher?«, wollte ich wissen.

Die Frage brachte ihn etwas aus dem Konzept. Er grinste verunsichert, wischte sich die verschmähte Hand an seiner Bluejeans ab und antwortete: »Nee.«

»Warum soll ich dich dann Landser nennen?«

Er klopfte mir auf die Schulter, wofür er sich strecken musste, denn er war kleiner als ich. »Du gefällst mir, Langer.«

»Der kleinen Schlampe hast du es so richtig besorgt«, stellte Will bewundernd fest.

Landser schnellte auf ihn zu und packte ihn am Kragen seines karierten Hemdes. »Wie nennst du meine kleine Schwester, du Bauerntrampel?«

»Ich, äh, sorry, hab's nicht so gemeint.«

Ich glaubte dem Nazipenner kein Wort. »Klar, als ob das eben deine Schwester gewesen wäre.«

Er ließ Will los und kam auf mich zumarschiert. Seine Muskeln waren angespannt. Und er hätte damit wohl Eindruck auf mich gemacht, wenn ich nicht genau gewusst hätte, dass er mich nicht verletzten durfte.

Er lachte und griff hinter sich in seine Gesäßtasche, zog einen brauen ledernen Geldbeutel heraus und klappte ihn auf. Auf der rechten Seite steckte ein Foto, das unseren neuen Freund Landser mit einem Mädchen zeigte, das verdächtig nach der abgefuckten Schlampe von eben aussah.

»Da … das … das ist ja Inzucht!«, stotterte Will aufgebracht.

»Bist du blöde?«, fauchte Landser ihn an. »Ich hab sie doch nicht gefickt, sie hat nur meinen Schwanz gelutscht. Glaubst du etwa, ich ficke meine eigene Schwester? Das wäre ja pervers!«

Nach diesem faszinierenden Vortrag über Moral musste ich mich erst einmal setzen und trank noch einen Schluck aus der Whiskyflasche. »Und wie kommt deine Schwester hierher? Hat die sich auch freiwillig gemeldet?«

Er riss mir die Pulle aus der Hand. »Die kleine Junkie-Nutte kriegt zehntausend Dollar für drei Tage Schwänze lutschen. Und wenn ich gewinne, muss ich ihr vermutlich ein paar neue Beißer bezahlen. Aber fuck, sie liebt es halt, wenn ich ihr dabei die Fresse poliere.«

»Und wenn du die Säge erwischst?«, fragte Will.

»Junge, das wird nicht passieren«, knurrte Landser. »Außerdem gibt es morgen andere Felder auf dem Rad, scheiß auf die Säge.«

Ich schaute ihn fragend über die leere Whiskyflasche hinweg an.

»Morgen ist die Tausend-Dollar-Runde. Heute zweihundert Kröten Eintritt, morgen eintausend und am dritten Tag kostet's zehntausend Dollar Eintritt. Wenn der zweite Tag so gefährlich wäre, hätten die für den dritten Tag ja niemand mehr übrig. Alles klar?« Er tippte sich mit dem Zeigefinger an den rasierten Schädel und lächelte triumphierend.

»Aber ihr wisst nicht, was morgen und übermorgen auf uns zukommt, oder?«, fragte ich.

Beide schüttelten den Kopf. Aber ich kannte jemanden, der es mit Sicherheit wusste: meinen gottverdammten Vater.

# 19

Sarah wurde zurück in den Raum mit den anderen Frauen gebracht. Sie hatte die Hände in den Taschen des verschlissenen Sommerkleides und fühlte den kalten Stahl der Schere beruhigend in ihrer Hand.

»Was ist denn mit dir passiert?«, fragte sie entsetzt, als sie die blutige Visage der Brünetten entdeckte.

Diese saß mit den anderen zwei Frauen auf dem schmierigen Fußboden und drückte gerade aus einer großen Einwegspritze eine gelbe Flüssigkeit in ihren dürren Arm. Die anderen beiden hampelten nervös herum und beobachteten sie dabei mit gierigen Blicken.

»Sie verdienen hier vermutlich Millionen, aber sind noch zu geizig, um mehr als eine Spritze zu kaufen«, fluchte eine der beiden lautstark. Die andere funkelte sie zwischen ihren langen fettigen Haaren hindurch böse an. »Sei froh, dass es überhaupt Stoff gibt. Du kommst gleich dran.«

Etwas Blut lief ihr dabei am Mundwinkel hinab und ihr Gesicht sah aus, als hätte sie ein Auto überrollt. Doch sie grinste, als die Spritze leer war. Die Frau neben ihr riss sie der Brünetten förmlich aus der Vene, während diese nach hinten umkippte. Mit zitternden Fingern hantierte nun die zweite Frau an der Spritze, um sich möglichst schnell einen Schuss zu setzen. Sie war bestimmt einmal eine Schönheit gewesen. Doch ihre langen roten Haare waren dreckig und verfilzt, das

Gesicht von Mangelernährung und Drogensucht gezeichnet. Sie schien früh gealtert, ihre Haut war mit schwarzen Flecken übersät, die von Dreck bis AIDS auf alles Mögliche hinweisen konnten. Zitternd zog sie aus dem großen verrosteten Löffel, der zwischen ihnen lag, die Spritze voll. Sie ging in die Hocke, zog den fleckigen Schlüpfer herunter und tastete mit einer Hand an ihrem knochigen Arsch herum. Sie bemerkte Sarahs entsetzten Blick. »Finde sonst keine Vene mehr.« Und damit schob sie die Spritze zwischen ihre mageren Arschbacken.

Wenige Sekunden später brachte sie die Spritze leer wieder zum Vorschein. An der Nadel klebte ein kleines Klümpchen Scheiße.

Die dritte Frau, eine Blondine mit kurzgeschorenen Haaren, griff sich jetzt die Spritze und tauchte sie in die Flüssigkeit im Löffel. Der Scheißeklumpen löste sich im Heroin auf, während sie die Pumpe ungeduldig vollzog.

Sie spritzte sich ihre Dosis in eine Vene am Hals. »Jetzt bist du dran«, sagte sie und schaute zu Sarah, die spürte, wie die anderen beiden Junkies ihre Arme ergriffen. Als sie sich wehrte, schlugen sie ihr mehrfach ins Gesicht.

Benommen musste sie mit ansehen, wie die Pumpe ein weiteres Mal aufgezogen und von der blonden Frau in Sarahs Arm geschoben wurde. »Glaub mir, Mädchen, ich würde das lieber in meinen eigenen Arm schieben, aber der Chef hat gesagt, du sollst ruhiggestellt werden, damit du nicht auf dumme Gedanken kommst.«

Entsetzt beobachtete Sarah, wie die gelbbraune Brühe durch die verbogene Nadel in ihrem Arm verschwand.

# 20

Nachdem ich die anderen zwei Trottel in meinem Gefängnis nach einem Handy gefragt hatte und sie mich daraufhin nur blöde angrinsten, setzte ich mich wieder an den Tisch.

Vermutlich kannten diese Bauerntrampel nur die Kurbelgeräte an der Wand, wenn der technische Fortschritt hier überhaupt schon so weit war.

Meine Situation schien aussichtslos.

Für einen anderen entschied sie sich gerade, denn ein großer Schwarzer war gerade mit dem toten Huhn fertig geworden und wurde unter tosendem Applaus hinter den Vorhang geführt.

Kurz darauf kam er zu uns in den Raum gestolpert.

»Mann, Boy! Mach dir mal die Hose zu«, maulte ihn Landser zur Begrüßung an.

Im Fernseher rief Uncle Sam: »Für heute ist die Show vorbei, Leute.«

Ich fragte mich, was mein Alter jetzt wohl machte. Ging er erst mal in den nächsten Puff, ließ sich einen blasen und lachte sich halb tot, weil sein Sohn ein Schwein gefickt hatte?

Der Schwarze stellte sich als Billy vor und machte ebenfalls einen etwas einfältigen Eindruck. Ich war offensichtlich der Einzige im Raum, der nicht auf einer Farm im Hinterland aufgewachsen war. Nicht, dass ich mir im Moment viel darauf einbilden konnte. Doch als ich mir die illustre Runde so anschaute, kam ich zu dem Schluss, wahrscheinlich auch der Einzige zu sein, der vorher noch nie Sex mit einem Tier gehabt hatte.

»Wir brauchen mehr Schnaps!«, forderte Landser brüllend und glotzte an die Decke zum Lautsprecher. Dass wir aus der Toilette trinken mussten, störte seltsamerweise keinen der Anwesenden. Vielleicht war das hier bei der Landbevölkerung üblich.

Mehrere Stunden später öffnete sich die Tür und ein Mann schob einen Servierwagen herein. Ein altes klappriges Ding, das wahrscheinlich von einem Hotel ausgemustert worden war. Darauf lagen leere Teller, ein Berg Plastikbesteck und in der Mitte präsentierten sich mehrere Servierglocken auf großen Blechschalen.

»Na, was gibt es denn hier Leckeres zu essen?«, fragte ich mit zynischem Unterton und griff mir einen Teller.

Der maskierte Mann lachte und sagte, während er die größte Haube lüftete: »Schwein.«

Ich sprang auf, rannte los und schaffte es gerade noch, in die Toilette zu reihern.

»Ich brauch was zu saufen, Mann, dein verficktes Schwein kannst du behalten«, maulte Landser, wie ich zwischen meinen Würgeattacken heraushören konnte.

Als ich endlich wieder einigermaßen fit war, setzte ich mich zurück an den Tisch, wo sich Will und Billy gerade um ein Brathähnchen stritten. Bei dem Anblick des Vogels musste ich fast wieder kotzen.

An dem schlecht gerupften Tier hingen noch ein paar verkohlte Federreste. Will schob seine Hand in den dampfenden Hintern des Tieres. »Da sind ja noch die Eingeweide drin«, stellte er überrascht fest. Landser klopfte ihm auf die Schulter und lachte. »Und genug Wichse, damit es auch gut rutscht. Lasst es euch schmecken.«

Angewidert stand ich auf und ging zu dem hämisch grinsenden Wächter, der an der Tür lehnte.

»Wir brauchen was zu trinken, Wasser und Whisky«, sagte ich zu dem maskierten Bastard. »Und ein Telefon wäre klasse.«

»Kein Kontakt zur Außenwelt, Schweineficker«, war die Antwort, die ich bereits erwartet hatte.

Er knallte mir die Tür vor der Nase zu.

Wenigstens kam er kurz darauf mit Getränken zurück. Auf einem Tablett trug er verschiedene Sorten Whisky und mehre Wasserflaschen. Ich nahm mir ein Glas und eine Flasche und betrachtete Will angewidert, der an den Knochen des Huhnes herumknabberte, das vermutlich von mindestens drei Männern geschändet worden war.

*Nichts waschen und nichts verschwenden.*

Und der Albtraum ging weiter.

Wir saßen gelangweilt am Tisch und vermutlich war es draußen längst dunkel geworden. Natürlich konnte ich es nur erahnen, denn hier gab es keine Fenster und keine Sau hatte eine Uhr.

*Keine Sau! Wenn ich diese Scheiße überlebe, ist das auch eine der Redewendungen, die ich nie wieder benutzen werde.*

# 21

»Mister Chains, es freut mich, dass Sie dieses Jahr hier sind«, schleimte Uncle Sam bei Pauls Vater, der in seinem weißen Anzug samt Stetson und weißen Cowboystiefeln etwas fehl am Platz wirkte.

Der Boden unter ihren Schuhsohlen war getränkt mit Blut, Schweinescheiße und Sperma.

»Ich hoffe, unser Arrangement ist klar geregelt, er soll ruhig alles mitmachen, doch die Säge bleibt ihm erspart, wenn er verliert«, sagte Chains.

»Mister Chains, Sie sprechen mit Uncle Sam«, erwiderte dieser und zeigte großspurig an sich herunter. »Und hunderttausend Dollar sind ein Batzen Geld für unsere bescheidene Show.«

»Wo kann man sich denn hier etwas vergnügen? Ich habe Lust, mal wieder richtig die Sau rauszulassen.«

»Es gibt hier einen Klub in der Nähe, wenn ich mich recht an ihre Vorlieben erinnere, wäre das genau das Richtige für sie.«

Barb gesellte sich zu ihnen. Sie rubbelte sich gerade die Locken trocken, in ihrem Ausschnitt perlten Wassertropfen über ihre Brüste. Die Lederkluft war klatschnass und glänzte.

»Barb, du kannst Mister Chains doch sicher in den Klub begleiten.«

Sie fluchte. »Ich habe doch eigentlich Feierabend, verdammte Scheiße.«

»Du wirst doch Mister Chains diesen Gefallen nicht abschlagen, Barb«, sagte Uncle Sam recht deutlich und sie nickte nur.

»Sie werden sehen, der Klub ist genau nach Ihrem Geschmack.«

»Gehen wir«, knurrte Barb mürrisch, drehte sich um und stapfte auf den Ausgang zu.

»Es tut mir leid, dass ich Sie um Ihren Feierabend bringe«, sagte Chains, als sie kurz darauf auf dem Highway unterwegs waren.

Barb drehte am Knopf seines Autoradios und schon wieder erklang: *I wanna be a Dog.*

Chains beschloss, dieses Mal den Mund zu halten und nicht weiter über Negermusik und Ähnliches zu lamentieren, denn sie nickte im Takt.

»Hier abbiegen.«

Sie holperten eine unbefestigte Straße entlang, die immer tiefer in die Wüste hineinführte.

»Sind wir hier richtig?«, fragte Chains unsicher.

»Klar, der Klub ist etwas abgelegen, sie haben halt keinen Bock auf ungebetene Besucher bei den Sachen, die hier so abgehen.«

Er bremste und starrte auf das zweistöckige alte Haus, das jetzt vor ihnen auftauchte. Alle Fenster waren verschlossen und es sah aus, als wäre kein Mensch hier, doch auf dem Parkplatz standen mehrere Wagen – vom rostigen Pritschenwagen bis zum BMW war alles dabei.

»Ich schätze, Sie sind heute Abend nicht der einzige Lotteriebesucher«, sagte Barb und stieg aus seinem Wagen. Sie gingen zur Eingangstür, die sich öffnete, bevor

Barb auch nur den Klingelknopf berührte. Anscheinend war der Eingangsbereich kameraüberwacht.

Chains stapfte hinein und sah sich um.

Ein gewöhnlicher Hausflur erwartete sie. Hässliche Bilder an den Wänden und schreckliche Möbel, es war alles genau so, wie man es hier auf dem Land erwarten durfte.

Eine Frau in Strapsen, deren Busen Barbs noch übertraf, tauchte vor ihnen im Dämmerlicht des Flures auf und nickte ihnen zu. Zwei riesige Ringe hingen an ihren Brustwarzen und silberne Ketten verbanden diese mit ihren ebenso beringten Schamlippen.

»Stufe drei«, sagte Barb.

Die Frau in Strapsen nickte und drückte einen verborgenen Knopf. Eine Fahrstuhltür öffnete sich plötzlich an einer leeren Stelle an der Wand.

»Viel Spaß«, sagte sie lächelnd und schob Barb und Chains in die kleine Kabine. Die Tür schloss sich und sie spürten, dass es ruckelnd abwärts ging. Kurz darauf stolperten die beiden in einen abgedunkelten Raum, der in das typische dämmerige Rot eines Bordells getaucht war.

Dieser Club war etwas, das man in keinem Telefonbuch finden würde. Hier konnte man alles ausleben, sexuelle Abartigkeiten aller Art waren hier erlaubt. Chains staunte nicht schlecht, als er sah, was so geboten wurde.

In der Mitte des Raumes war eine nackte Frau in eine Art Kopfhalterung geschraubt, wie man zur Therapie von Wirbelsäulenverletzungen verwendet. Sie kniete auf dem Boden. Ihr Kopf war kahlrasiert und glänzte im roten Dämmerlicht. Ein Typ in einem schwarzen Latexanzug redete mit ihr, sie antwortete und rollte mit den Augen.

Barb und Chains waren zu weit weg, um verstehen zu können, was gesprochen wurde.

Der Mann im Latexanzug nickte der Kahlrasierten zu und küsste sie zärtlich auf den Mund. Er nahm eine kleine Handkreissäge und hantierte an ihrem Schädel herum. Das Geräusch der Säge war nervenzerfetzend schrill, als sich das runde Blatt langsam in den Knochen fraß und einmal ihren glänzenden Schädel umrundete.

Schließlich verstummte die Säge, die Stille im Raum wurde fast greifbar.

Überall um sie herum saßen Personen in den Schatten kleiner Sitznischen, die jetzt gebannt auf das Schauspiel in der Mitte starrten. Der Mann im Latexanzug zog an der Schädeldecke, doch sie löste sich nicht. Die Frau sprach zu ihm und zeigte auf den kleinen silbernen OP-Tisch, auf den ihr Blick fixiert war. Der Mann hörte geduldig zu und nickte, griff sich ein silbernes Messer und setzte es an dem Schädel an.

Er schlug mit einem kleinen Hammer auf den Griff des Messers. Es ertönte ein lautes Schmatzen, als sich die Knochenschale von ihrer Hirnhaut löste. Sie winkte mit der Hand und der Mann kam nah an ihre Lippen heran. Er lauschte ihren Worten.

Daraufhin nahm er einen kleinen Kosmetikspiegel und drückte ihn ihr in die Hand. Sie betrachtete sich fasziniert im Spiegel, als hätte sie gerade eine neue Frisur verpasst bekommen. Doch was sie sah, war ihr Gehirn, das im roten Licht glänzte. Es pulsierte, an den Knochenrändern bildeten sich winzige Blutrinnsale, die über ihr neugieriges Gesicht liefen. Sie fand anerkennende Worte für ihren ›Chirurgen‹. Dieser küsste sie erneut auf den blutverschmierten Mund.

Er griff sich ein Besteck von dem Tisch vor sich und schnitt einen kleinen Happen aus ihrem Hirn. Ihr linker Arm zuckte dabei wie wild.

Die Nerven wurden durchtrennt und lösten unkontrollierte Reaktionen aus. Sie lachte, als er ihr das eigene Hirn über ihre blassen Lippen schob. Zaghaft begann sie zu kauen und leckte sich die Lippen. Es schmeckte ihr, denn sie verlangte nach mehr. Die silberne Gabel wurde wieder ins graue Gewebe getaucht, danach verschwand der Brocken in ihrem Mund.

Das war wirklich eine einmalige Mahlzeit.

Jetzt aß der Latexmann davon und alle erhoben sich mit leisem Murmeln von ihren Plätzen.

Chains schaute Barb an. »Danke, aber ich mag kein Hirn, bin Vegetarier«, sagte Barb und winkte lässig mit der Hand.

Chains reihte sich in die Schlange ein, wo sich jetzt einer nach dem anderen einen kleinen Happen abschnitt. Das wabbelige Hirngewebe verschwand recht schnell in gierigen Mündern.

Neugierig betrachtete er die Frau. Ihr Gesicht verzog sich spastisch und ein Gemisch aus Speichel und Blut tropfte von ihren Lippen. Die Mimik der Frau machte einen faszinierenden Wandel durch. Absurde Grimassen bildeten sich immer wieder aufs Neue, wenn das Besteck in ihre Hirnmasse eintauchte.

Chains war der Letzte in der Schlange, er bekam nur noch einen knorpeligen Rest vom Stammhirn, den er mit wenig Genuss herunterwürgte.

Die Frau war längst tot.

Jetzt zog der Mann seine Latexhose herunter und ging über ihrem Kopf in die Hocke, als Chains hörte, wie sich die Ventilatoren der Klimaanlage beschleunigten. Vermutlich damit die Gerüche der Wurst, die der Mann sich jetzt mit verzerrtem Gesichtsausdruck aus dem Darm drückte, nicht zu sehr die Luft verpesteten.

Die Ausscheidungen des Latexhosenmannes wanderten langsam in den offenen Kopf der Frau, ihr Gesichtsausdruck war irgendwo zwischen Erstaunen und Verblödung zum Zeitpunkt ihres Ablebens eingefroren.

Chains starrte auf das abartige Bild.

»Und genau so wollte sie es. Monatelang hat sie mir damit in den Ohren gelegen. Hatte davon geschwärmt, dass ihr Mann in ihren Kopf scheißen würde. Na, das ist ja eine wirklich seltsame Art, seine Liebe auszudrücken. Sich den Darminhalt seines Partners durch den Kopf gehen zu lassen. Also wenn ich sterbe, will ich nicht, dass mir mein eigener Mann in meinen leergefressenen Schädel scheißt.« Barb blickte nachdenklich drein und schüttelte ihre blonden Locken.

»Nichts für ungut, aber ihr Perversen seid schon echt 'ne Nummer.«

Chains blickte sie erstaunt an. »Ach, und Menschen mit der Kettensäge zu zerteilen, ist nicht pervers?«

»Ich mache das alles nur für Geld, ich bin doch eigentlich nur ein unschuldiges Mädchen vom Lande«, erklärte sie ihm, als ob es das Normalste der Welt wäre. Sie legte ihre Beine, die in kniehohen Stiefeln steckten, auf dem Tisch ab.

»Ich hätte gern was zu trinken, seien Sie ein Gentleman und besorgen Sie mir was, dann besorg ich es Ihnen vielleicht später auch.«

Während Chains aufsprang und zur Bar eilte, nestelte sie ein kleines Mobiltelefon zwischen ihren Brüsten hervor. »Dave, was ist denn jetzt noch?«

Chains umrundete die Bühne, die gerade wieder freigemacht wurde. Die Leiche der Frau wurde in einen schwarzen Sack gelegt und von zwei Männern hinausgetragen. Der Gestank von Scheiße zog in seine Nase, als er an der Bar zwei Gläser Champagner bestellte. Die abgelederte Blondine, die neben ihm am Tresen saß, hatte vermutlich Sperma in ihrem Longdrink-Glas, so zähflüssig, wie sich der Inhalt bewegte.

In solchen Etablissements tranken die Ladys gern den Saft vom Pferd, den sie teuer bezahlten. Ein gutes Geschäft für die Bar, wenn man bedachte, welche Mengen da so herausschossen.

Mit einem silbernen Schirmchen rührte sie darin herum, während sie Chains zulächelte. Sie leckte genießerisch den Stiel des albernen Schirmchens ab.

»Na, Süßer, wie wäre es, wenn wir uns ein Zimmer nehmen und du mir was absägst?«, bot sie ihm mit rauchiger Stimme an.

Er starrte auf ihre linke Hand, an der nur noch der Daumen übrig war. *Verdammter Freak*.

»Danke, aber ich habe schon Damenbegleitung«, antwortete er, nahm seine Gläser und ging zurück zum Tisch, an dem ihn Barb bereits erwartete.

»Und was törnt Sie so an, Chains?«, fragte Barb kurz darauf und nippte an ihrem Glas.

Er nahm ebenfalls einen Schluck. »Ich bin eher der Beobachter, diese Folterscheiße ist mir viel zu anstrengend, sollen sich doch welche wie die da die Hände schmutzig machen.« Er zeigte ungeniert auf das Dreigespann in der Mitte.

Nahtlos hatte dort die nächste Show begonnen. Eine nackte Frau hing von der Decke und zwei fast kahle Männer mit Lederbandagen und riesigen Umschnall-Dildos an den Hüften peitschten sie aus.

Alle drei waren bestimmt weit über siebzig. Das Knallen der Peitschen und die Lustschreie der alten Dame hallten rhythmisch durch den Raum.

Kein sehr erotischer Anblick, denn die bleiche faltige Haut der alten Menschen wirkte wie faules Fleisch im Zwielicht des Klubs. Der kupferne Geruch des Blutes der Frau lag schwer in der Luft. Es sickerte in Strömen an ihrem geschundenen Körper hinab und sammelte sich in einem Bottich unter ihr.

Gelegentlich folgte auch ein Urinstrahl und etwas Kot. Diesen edlen Trank würde es wahrscheinlich später an der Bar zu trinken geben.

Die Frau war bewusstlos oder tot, aber die zwei alten Knacker schlugen weiter wie besessen auf sie ein.

Chains wusste, dass es in diesem Haus der Sünde noch andere, viel abartigere Bereiche gab, zu denen er noch keinen Zugang hatte.

*Welche Vergnügungen dort wohl geboten werden?*, fragte er sich.

Jetzt nahm sich einer der Alten ein Messer und ließ die Frau ein Stück herab. Die stählerne Kette rasselte laut. Die Frau gab keinerlei Geräusche mehr von sich.

Er schob ihr den Umschnall-Dildo in den vermutlich toten Arsch, während er mit einem Messer Fleischstücke aus ihrem Rücken säbelte und den anderen Mann damit fütterte. Dieser wichste dabei unsinnigerweise seinen riesigen Umschnall-Dildo mit der Hand. Wahrscheinlich waren er und sein abartiger Kumpel so impotent wie Donalds Wahlmänner – und mindestens genauso pervers.

Barb wollte wohl etwas Konversation machen. »Hier im Haus gibt es einen Raum, darin befindet sich ein großer ovaler Tisch. Um ihn herum stehen zehn Toiletten statt Stühlen, darauf sitzen die Esser. Sie essen und essen, wie der Name schon sagt. Nehmen immer wieder mal ein Abführmittel und trinken dabei Unmengen.« Sie nahm noch einen Schluck von ihrem Drink.

Chains zog eine Augenbraue in die Höhe und starrte sie neugierig an. »Was soll der Scheiß?« Er exte sein Glas. Der Champagner schmeckte bitter und Chains verzog angewidert das Gesicht. Barb streichelte ihn im Schritt. »Ich will rausfinden, was Sie geil macht, Mister. Na ja, wie gesagt, es gibt da diese Toilettensitze und die haben unten Öffnungen. Öffnungen, in die der Kopf eines Menschen reinpasst. Sie verstehen schon, zehn Menschen sitzen an dem Tisch und unter ihnen liegen strahlenförmig ausgerichtet die ›Konsumenten‹, die die braune Ladung ins Gesicht kriegen. Manche gehen sogar so weit, dass sie sich festschnallen lassen, sodass sie unweigerlich irgendwann in der Brühe, die regelmäßig auf sie tropft, qualvoll ersticken. Das ist ein geiler Anblick, wenn oben der Esser dem Koch ein Kompliment macht und unter seinem Arsch ein Mann oder eine Frau …, ja, Sie würden sich wundern, wie viele Frauen dieses Späßchen mitmachen, ehrlich. Auch unter uns Ladys gibt es echt perverse Exemplare. Aber sorry, ich wollte nicht abschweifen. Wie jemand um sich schlägt und seine Hände sich in das Lederpolster krallen, wenn Pisse und flüssige Scheiße in seine Lunge eindringen und der dann qualvoll erstickt. Aber so wie Sie dreinschauen, ist das wohl nicht Ihr Ding.«

Sie lachte und warf ihr leeres Glas hinter sich, wo es klirrend auf dem Boden zerbrach.

Ein Sklave, der von einem über zwei Meter großen Transsexuellen an der Leine geführt wurde, begann die Scherben aufzulecken.

Chains spürte plötzlich, wie ihm schwindelig wurde. *Barb hat mir was in den Drink getan*, stellte er entsetzt fest, bevor er mit dem Kopf auf die Tischplatte knallte.

Er hörte sie gerade noch sagen: »Helft mir, den Fettsack ins Auto zu tragen. Fuck, dabei habe ich längst Feierabend.«

Dann wurde alles schwarz.

# 22

Ich nahm noch einen tiefen Schluck aus der Pulle und versuchte zu schlafen. Was sollte ich auch sonst tun? Mit den drei Idioten, mit denen ich mein Gefängnis teilte, konnte man kein vernünftiges Gespräch führen. Auch Ausbruchspläne mit ihnen zu schmieden, wäre sinnlos gewesen, da alle freiwillig hier waren.

*Diese verdammten Irren.*

Ich war doch tatsächlich eingeschlafen, stellte ich fest, als mich einer der maskierten Männer wachrüttelte.

»Aufstehen, Junge! Dein Frühstück wartet.«

Die anderen saßen wieder oder immer noch am Tisch und grinsten mich an, als ich aus dem Bett kroch. Auf der Tischplatte standen mehrere Pappbecher und ein kleines Körbchen mit blauen Pillen.

Fuck, mein Potenzmittelfrühstück. Ich musste mir so viele Pillen wie möglich reinhauen, wenn ich überleben wollte. Selbst wenn ich an einem Herzschlag durch eine Überdosis starb, wäre das immer noch ein gnädigeres Los als der Tod durch die Säge.

Ich krallte mir eine gute Portion und schluckte sie mit einem Schluck Wasser aus dem Becher runter. Schmatzend machte ich mich über die Essensreste von gestern her. Stopfte mir so viel Nahrung wie möglich in den Mund, denn ich würde jedes Milligramm Eiweiß brauchen.

Die anderen drei grinsten mich nur blöde an. Sie hatten anscheinend die ganze Nacht durchgesoffen.

Vollkommen idiotisch, wenn man bedachte, was der Tag bringen würde.

Ich trank einen Liter Wasser und pisste danach erst einmal ausgiebig. Dabei merkte ich schon, wie das Teufelszeug seine Wirkung entfaltete. Der Strahl beschrieb einen hohen Bogen und ich musste zwei Schritte rückwärtsgehen, was die drei Stooges am Tisch mit einem schallenden Lachen kommentieren.

»Sehr lustig, ihr Wichser«, fluchte ich, während ich verzweifelt versuchte, meine Hose zu schließen.

»Mister Chains, kommen Sie mit,« erklang es, als ich aus der Toilette kam. Da wartete schon mein Begleitkomitee. Zwei durchtrainierte Typen mit Automatikgewehren standen an der Tür und scharrten ungeduldig mit den Füßen.

Wir gingen durch einen langen Flur. Ich wollte von ihnen wissen, was das eigentlich für ein Gebäude war. »Das war mal 'ne Auktionshalle für Rinder, soweit ich weiß«, meinte einer der beiden.

»Wir sollen doch nicht mit den Fickern quatschen!«, wies ihn der andere zurecht.

Den Rest des Weges herrschte Stille. Kurz darauf wurde ich hinter den Vorhang vorgeschoben, wo mich Abraham Lincoln auch schon empfing.

Nein, nicht wirklich.

Es war derselbe Penner wie gestern, nur diesmal als Lincoln verkleidet.

»Mister Chains, es freut mich, dass Sie es so weit geschafft haben. Sie haben sich heute eine Extrarunde verdient, die außerhalb des normalen Spieles stattfindet. Leute, ihr kennt mich alle, ihr wisst doch, wie man mich nennt,« er hielt sich die Hand ans Ohr unter seinem riesigen Zylinder und lauschte.

Aus dem Publikum kamen vereinzelte Rufe: »Den ehrlichen Abe!«

Er kraulte sich seinen angeklebten Kinnbart. »Genau Leute, den ehrlichen Abe, so nennt man mich. Aber dazu später mehr, jetzt dreht erst einmal unser Kandidat an dem Rad.«

Ich wendete mich dem beschissenen Lotterie-Rad zu.

»Was ist denn das für eine Scheiße?«, wollte ich wissen.

Auf allen Feldern prangte dasselbe Bild, ob blau, rot oder grün, überall klebte ein Bild von Darth Vader. So hatte ich nicht besonders viele Auswahlmöglichkeiten.

»Dreh das Rad, Junge, sonst ist heute der andere Fuß dran«, sagte der bewaffnete Mann neben mir und trat mir als Motivation auf den zerschossenen Fuß. Ich hüpfte fluchend auf einem Bein zum Rad und drehte.

*Klack klack, klack* … Welch Überraschung, mein Gewinn war: Darth Vader. Das Publikum applaudierte.

»Bringt den Gewinn«, sagte Abe und es wurde ein Holzgestell hereingerollt, auf dem eine vornübergebeugte Person stand, mit langem schwarzem Mantel und glänzendem Helm. Das war wirklich der beschissene Darth Vader. Die Person in dem Kostüm wehrte sich verzweifelt gegen die Fesseln an Händen und Füssen. Sogar der Stimmenverzerrer war vorhanden.

»Hilfe! Macht mich los, ihr Wichser!«, erklang eine künstlich verzerrte Stimme.

Das Gewehr war auf mich gerichtet, während Abe Darth Vaders Umhang nach oben stülpte und ein fetter pickliger Männerarsch sichtbar wurde.

»Und jetzt rein mit dem Rüssel«, verlangte Abe grinsend.

Das Publikum nahm seine Worte auf und brüllte im Chor: »Rein mit dem Rüssel, rein mit dem Rüssel, rein mit dem Rüssel!«

Ich ging unschlüssig näher heran. Der Lauf des Maschinengewehrs drückte in meine Kimme und ehe ich mich versah, steckte mein Schwanz im Arsch des unbekannten Mannes. Dessen Stimme überschlug sich, als er wieder laut losfluchte. Doch durch den Stimmenverzerrer verstand ich kein Wort und tat, was ich tun musste. Ich schaltete meine neu erlangte Fähigkeit wieder an und fickte im Geiste eine blonde Schönheit, während ich hörte, dass meine Eier an die des dunklen Lords klatschten.

*Wo ist dein Todesstern jetzt?*

Ich spürte, dass ich so weit war, und sagte laut und deutlich: »Jahaha …, ich komme!«

Im selben Moment zog Lincoln den Umhang samt Maske von dem Mann vor mir ab und ich wichste meine Ladung über meinen gefesselten Vater, der seinen Kopf nach hinten gedreht hatte und genau sah, wer gerade seinen heißen Saft auf ihm verteilte. Und so bekam das klassische Filmzitat eine ganz neue Bedeutung. *Ich bin dein Vater.*

Das Publikum applaudierte und Lincoln konstatierte mit kräftiger Stimme: »Man nennt mich den ehrlichen Abe, weil ich mich nicht bestechen lasse, Mister Chains. Ist das klar?«

Mit der flachen Hand schlug er meinem Alten klatschend auf den Arsch. Zwei Wächter hatten meinen Vater inzwischen losgebunden und dieser lief nackt Richtung Publikum davon. Sägespäne klebten an seinen Fußsohlen und meine Wichse tropfte von seinem Arsch. Das war das Letzte, was ich von meinem Vater sah, bevor er in der Menge verschwand.

# 23

Sarah zitterte und würgte, eine Welle aus Magenschleim und brauner Brühe schoss über ihre spröden Lippen und versickerte im Ausschnitt ihres fadenscheinigen Kleides. Krämpfe schüttelten ihren Körper.

»Ach, ist unsere Prinzessin auch endlich erwacht?«, pöbelte die Frau mit dem ramponierten Gesicht und grinste sie mit ihren neuen Zahnlücken blöde an. Auch die anderen beiden grinsten Sarah mit ihren abgehärmten dreckverschmierten Gesichtern an.

»Na, wie war der Trip, Süße?«

Sarah starrte auf ihren blaufleckigen Arm.

»Ihr blöden Schlampen habt mich unter Drogen gesetzt.«

»Ohne wirst du hier nicht lange mitmachen, das kannst du mir glauben.«

Sarah schossen Tränen in die Augen. »Ich bin entführt worden, ich will nach Hause!«, schrie sie aufgebracht. Sie sprang auf und rannte zur Stahltür, wo sie mit den Fäusten dagegen hämmerte »Ich will nach Hause!«, rief sie immer wieder, bis sie erschöpft an der grauen kalten Fläche herabrutschte und als weinendes Häufchen Elend liegenblieb.

Eine der drei Frauen nahm sie in den Arm.

»Am besten machst du einfach, was sie sagen, lutschst jeden Schwanz und hältst den Arsch hin, wenn es verlangt wird, sonst wirst du zur Meerjungfrau gemacht.«

Sarah sah sie aus tränenverschleierten Augen fragend an. »Was ist eine Meerjungfrau?«

»Willst du gar nicht wissen, Mädchen«, antwortete die schwarzhaarige abgemagerte Frau mit den Silikonimplantaten auf der nackten knochigen Brust, die bezeugten, dass diese Frau auch schon bessere Zeiten gesehen hatte.

Sarah starrte irritiert darauf. »Was ’n los? Haste noch nie Titten gesehen? Die stammen aus ’ner Zeit, als ich noch ’n Star war. Hab die geilsten Pornos gedreht, manche waren sogar richtige Kassenschlager. Nur die feinsten Schwänze hab ich gelutscht, war ’ne große Nummer im Geschäft. Aber die Scheißdrogen machen dich fertig. Hab für ’n paar Kröten Tierpornos gedreht. Biste schon mal von ’nem Gorilla gefickt worden? Hinterher sieht deine Möse aus wie nach ’nem Autounfall. Und während du denen den Schwanz lutschst, schmieren sie dir ihre Scheiße in die Haare. Aber is ehrlich verdientes Geld, genau wie das hier.«

Sie schaute nachdenklich durch Sarah hindurch, als ob sie durchsichtig wäre, und kratzte dabei an den Einstichstellen in ihrer Armbeuge, bis Blut und Eiter an ihren Fingern klebten. Sie schnüffelte daran, leckte das Zeug ab und grinste.

»Haste Hunger?«, fragte sie und hielt Sarah eine Konservendose hin. ›Bohnensuppe‹ stand auf dem Etikett. Sarah schüttelte nur angewidert den Kopf, worauf die andere die Dose ansetzte und den Inhalt laut in sich hineinschlürfte.

Die Tür öffnete sich und Barb kam herein, sie schüttelte grinsend ein kleines Plastikpäckchen.

»Frühstück, Mädels! Und schaut, dass die da auch was davon kriegt.« Damit verpasste sie Sarah einen Tritt.

# 24

»Oh Mann, hast du gerade deinen alten Herren gefickt?«, fragte Landser, als ich wieder in unsere Gemeinschaftszelle gestoßen wurde.

Ich stürzte zur Toilette und kotzte mir die Seele aus dem Leib, während die drei sich hinter mir köstlich amüsierten.

»Luke, ich bin dein Vater«, war nur einer der Sprüche dieser Bastarde, mit denen sie mich aufzogen, während ich mich fast zu Tode schämte. Am liebsten hätte ich mich im Klo ersäuft. Der einzige Trost war die Demütigung meines Vaters, der uns überhaupt erst in diese Scheiße reingeritten hatte. Meine Schmach wurde immer größer und größer. Diese Typen wussten, wie man jemanden so richtig fertigmachte.

Ich legte mich aufs Bett, kauerte mich zusammen wie ein Embryo und weinte ungehemmt.

*Das zum Thema Mannwerdung, Daddy.*

»Mann, ich hab schon einen Riesenständer«, sagte Will grinsend, »die Show kann langsam losgehen.«

Wie auf Befehl kam einer der Wächter rein. »Wer von euch will zuerst, Jungs?«

Durch meine verschränkten Arme sah ich, wie die beiden anderen grinsend auf Will zeigten.

»Oh Shit, jetzt bin ich wohl fällig.« Er stand auf, trank noch einen letzten Schluck aus der Flasche und verließ den Raum. Ich erhob mich von meinem Bett und starrte auf den Bildschirm an der Wand. Dabei ignorierte ich Landsers dumme Sprüche und sah kurz darauf, wie Lincoln Will begrüßte.

»Na, Junge, gut geschlafen?« Will grinste und stammelte irgendetwas vor sich hin.

»Leg los, Junge«, sagte der ehrliche Abe und schubste Will zu dem verdammten Rad. Darth Vader war verschwunden und hatte neuen Bildern platzgemacht. Doch bevor ich mehr erkennen konnte, hatte Will das Rad schon angestoßen.

Ich zog mir einen Stuhl heran und setzte mich an den Tisch.

»Hat jemand gesehen, was da für Bilder drauf sind?«, fragte Billy angespannt.

»Jo, Nacktbilder von deiner Schwester. Mann, ist die hässlich«, feixte Landser und lachte dreckig.

Er ließ sich von unserer Nervosität nicht anstecken, und fing jetzt auch noch an, Liegestütze zu machen.

Jedes Mal wenn er oben ankam, stieß er sich ab und klatschte in die Hände.

Es war ein nervendes Geräusch, das meine überreizten Nerven schnell an ihre Grenzen brachte. Aber während ich sein Muskelspiel unter der schlecht tätowierten Haut beobachtete, überkam mich der Verdacht, dass sein cooles Verhalten nur Theater war. Fuck, es ging um unser Leben, ich konnte nicht glauben, dass ihn das kalt ließ.

Ich schaute wieder zum Monitor, denn das *Klackklack* hatte aufgehört und Will starrte verständnislos auf einen Cartoon-Igel.

»Au verdammt, das tut bestimmt weh«, murmelte Landser neben mir, sein Schweißgeruch zog mir dabei unangenehm in die Nase.

Wir sahen zu, wie ein Mann die Halle betrat, der in weiser Voraussicht dicke Lederhandschuhe trug. In diesen zappelte ein fußballgroßer Igel, mit dem er auf Will zuging. Er lachte schallend, als er ihm das zuckende Tier in die Hände drückte. Will schrie gequält auf, denn der Igel hatte sich sofort in seine Finger verbissen.

Lincoln grinste wie ein Dämon aus der Hölle. »Hose runter, Junge! Und rein mit dem Stock.«

Will nestelte mit einer Hand an seiner Hose herum, während der andere Arm mit dem wütenden Tier an seiner Seite baumelte.

Ich fragte mich, wie das funktionieren sollte. Das Vieh war verdammt stachelig und leistete ziemlich viel Gegenwehr.

Die beiden Typen mit den Gewehren brachten sich in Position, da Wills Chancen recht aussichtslos waren. Doch er griff sich den Igel mit seinen jetzt blutüberströmten Händen und rammte mit aller Gewalt seinen Schwanz in das stachelige Tier hinein.

Ich glaubte, einen doppelten Aufschrei zu hören.

»Au Mann, das hat dem Igel bestimmt mehr wehgetan als dem Idioten.« Landser wieder, auf seiner linken Brust zuckte ein verzerrtes Porträt Hitlers, als er sich über Wills tierischen Paarungsversuch lustig machte. Auch das Publikum in der Halle lachte schallend, doch waren die Ränge längst nicht so gut gefüllt wie am gestrigen Tag.

Tausend Dollar waren doch eine Menge Geld, nur um einem Bauerntrampel dabei zuzusehen wie er einen Igel rammelte.

Doch wer wusste schon, was noch auf uns zukam. Wir waren die Gladiatoren des einundzwanzigsten Jahrhunderts, doch in der heutigen Zeit blieb uns keine Würde mehr. Es war nicht heldenhaft, einen Igel in den Arsch zu ficken und vom Publikum ausgelacht zu werden.

Will beachtete es gar nicht, das Lachen und Verhöhnen. Es ging völlig an ihm vorbei, während ihm das Blut in Strömen an den behaarten Oberschenkeln hinablief. Er hatte die Augen geschlossen und sein Gesicht verzerrte sich bei jedem schmerzhaften Stoß seiner Hüften.

Ich hoffte für das arme Tier, dass es nicht mehr lebte, denn Will stieß wie eine Dampframme zu und schaffte das Unmögliche: Er zog seinen Schwanz raus, ließ den blutverschmierten Igel fallen und spritzte ab.

Und das Publikum tobte.

# 25

»Mister Chains, hat Ihnen unsere Show nicht gefallen?«, fragte einer der drei Männer am Eingang, während die anderen beiden sich vor Lachen den Bauch hielten.

»Wo ist mein Wagen und wo sind meine Klamotten?«, fauchte er sie an. Er gab einen lächerlichen Anblick ab, wie er nackt dastand, die Arschritze mit der Wichse seines Sohnes verklebt.

»Verpiss dich, Alter«, sagte einer der drei grinsend und zielte mit dem Gewehr auf ihn. »Schieb deinen vollgewichsten Arsch von unserem Gelände.«

*Für diese Schmach muss jemand büßen*, dachte sich Chains wutentbrannt. Aber nackt und ohne Wagen war seine Lage recht aussichtslos. Auch die Cops zu rufen, würde nicht viel bringen. Er wusste, dass mit Sicherheit ein paar davon im Publikum saßen. Die würden ihm kaum weiterhelfen, sondern ihn umlegen und irgendwo in der Wüste verscharren.

Er rannte auf den Parkplatz und spürte schmerzhaft die spitzen Schottersteine unter seinen nackten Fußsohlen. Ein schwarzer Lieferwagen, der gerade um die Ecke schoss, konnte gerade noch bremsen. Chains stützte sich mit beiden Händen auf der heißen Motorhaube ab und wischte sich den Schweiß von der Stirn.

»Du verdammter Idiot hättest mich gerade beinahe über den Haufen gefahren!«

Die Wagentür öffnete sich und ein paar Cowboy-Boots wurden sichtbar.

»Wen nennst du hier Idiot?«, fragte eine eiskalte Männerstimme. Diese gehörte zu einem Mann, der sich aus seinem Wagen zu einer Größe von über zwei Meter entfaltete.

»Ich frage dich noch einmal, nackter fetter Mann. Wen nennst du hier einen Idioten?«

Chains starrte erst in die toten Augen des Mannes, dann auf den Revolver an seiner Hüfte. »N… niemanden, Sir. Tut mir leid, aber ich wurde gerade ausgeraubt und bin etwas durch den Wind. Und jetzt stehe ich auch noch splitternackt in dieser verfickten Einöde.«

Er zeigte an sich herab, als wäre das nicht offensichtlich.

Die Miene des Fremden verzog sich einseitig zu einem schiefen Grinsen. »Was ist bloß aus diesem Land geworden, wenn anständige Männer wie sie ausgeraubt werden? Steigen Sie in meinen Wagen, Sir, und Sie werden sehen, wie ein anständiger Amerikaner seinen Mitmenschen hilft.«

Er winkte Chains freundlich zu und ließ eine Reihe Goldzähne unter seinem Schnauzbart aufblitzen.

»Burt ist mein Name«, sagte er, als sie beide im Wagen saßen. Nachdem Chains sich vorgestellt hatte, schaute Burt an ihm herunter. »Fuck, wir müssen Ihnen erst einmal was zum Anziehen besorgen, so sehen Sie ja aus wie ein beschissener Perverser.«

Chains starrte Burt an. Dieser hatte lange graue Haare bis weit über den Rücken und sah auch nicht gerade wie der biedere Amerikaner aus, für den er sich wohl hielt. Ein kariertes Oberhemd, zerschlissene Jeans und Cowboy-Boots aus Schlangenleder trugen das ihre dazu bei.

*Wenn ich dich auf der Straße sehen würde, würde ich Gas geben und dich überrollen, du Penner*, dachte Chains, sagte aber freundlich lächelnd: »Ich bin Ihnen so dankbar, Mister.«

»Kein Problem, wir fahren erst mal zu meiner Farm und dort kriegen Sie dann ordentliche Klamotten.«

Sie fuhren durch die staubige Landschaft und Burt schaltete das Radio an, wo Jonny Cashs *I walk the Line* erklang.

Burt trommelte mit seinen riesigen Händen den Takt auf dem Lenkrad mit. »Und wer hat sie ausgeraubt, Mister?«

Chains überlegte, was er erzählen sollte. Er konnte kaum die Lotterie an die große Glocke hängen und etwas über seinen Sohn erzählen, der vielleicht gerade von einer Kettensäge in Stücke gesägt wurde.

# 26

Sarah schreckte vor der Nadel zurück, doch wieder hatte sie keine Chance zu entkommen. Zwei der Schlampen hielten sie an den Armen fest, und sie waren kräftiger, als sie aussahen. Die beiden lachten irre, während die Dritte Sarah einen Schuss setzte.

»Ich würde alles für solche Venen geben, Süße.«

Barb stand daneben. »Die ist was Besonderes, nicht wahr, Mädchen?«

»Ihre Möse ist auch nicht aus Gold, Barb. Stehst du auf die Kleine?«, fragte die Braut mit dem demolierten Gesicht hämisch.

Barb zog sie an den Haaren zu sich heran und rümpfte die Nase. »Die ist um Klassen besser als du. Du stinkst so dermaßen, dass dich keiner mehr freiwillig ficken will, du hässliche Fotze.«

Sarah kroch völlig zugedröhnt auf die Tür zu und umklammerte mit einer Hand die Schere in ihrem Kleid. Die vier Ladys waren so in ihr niveauvolles Gespräch vertieft, dass sie erst durch den Krach der zuknallenden Tür bemerkten, dass Sarah auf und davon war.

»Fuck! Wo ist sie hin?«

»Die kann doch nicht weit kommen, ich hab ihr grade 'ne gute Ladung reingeballert.«

Doch die Tür war eingerastet und ließ sich nur von außen öffnen. Barb kramte das Handy aus dem Tal zwischen ihren Brüsten hervor und wählte eine Nummer.

»Bin eingesperrt im Schlampenraum, komm mich abholen. Die Neue ist abgehauen.«

Sarah versuchte, gegen die Wirkung der Drogen anzukämpfen und schaffte es nach zwei Versuchen, auf den Beinen zu bleiben. Doch wohin sollte sie fliehen? Sie stand in einem dreckigen Flur mit unzähligen Stahltüren, hinter denen überall ihre Entführer lauern konnten. Benommen stolperte sie den Flur entlang und achtete auf die Geräusche. Das Grunzen der Schweine hallte immer lauter durch den Flur.

Aber ein neues Geräusch kam jetzt hinzu: Schritte, die hinter ihr immer lauter wurden. Der Gestank des Schweinekobens zog streng zu ihr herüber, doch sie stolperte darauf zu, denn ihr war eine Idee gekommen, wo sie sich verstecken könnte. Ein Versteck, wo sie bestimmt niemand suchen würde. Ihre Sicht wurde immer wieder von Erschöpfung und den Drogen getrübt.

»Sucht die blöde Tussi, ihr Idioten«, hörte sie Barb durch den Flur schreien.

Inzwischen war Sarah an dem Gehege angekommen und stützte sich am Geländer ab.

*Soll ich es wirklich tun?*, überlegte sie und starrte auf die Tiere, die interessiert zurückglotzten. *Die Viecher haben riesige Hauer!*

Die Tiere standen im Schlamm, manche lagen auch darin und schliefen. Die Brühe warf Blasen und es stank nach Scheiße und Blut. Die Schritte hinter ihr wurden lauter und lauter.

Sie bückte sich und kletterte zwischen den Metallstreben ins Gehege. Dort versank sie direkt in dem schleimigen Brei, der sich kalt um ihren geschundenen Körper legte. Der Gestank war bestialisch und jeder Atemzug brannte in ihrer Lunge.

Die Schweine schnüffelten neugierig an ihr herum und grunzten dabei aufgeregt. Sie spürte den heißen Atem der Tiere in ihrem Gesicht.

Im selben Moment liefen die Wächter an ihr vorbei, sie interessierten sich nicht für die Schweine. Sarah hielt die Luft an und tauchte in die rotbraune Brühe hinab.

Der Morast im Gehege war tief und sie versank komplett darin. Zwischen ihren Fingern spürte sie längliche Gegenstände und erschrak. *Das sind Knochen, und zwar viele!*

Sie spürte den dickflüssigen Brei in ihre Nasenlöcher eindringen. Als sie es nicht mehr aushielt, riss sie den Kopf nach oben und schnappte nach Luft.

Keuchend wischte sie sich die Brühe aus den Augen und spähte durch die Gitterstäbe. Die Männer waren weitergelaufen, doch sicherheitshalber tauchte sie wieder ab. *Ich muss warten. Warten, solange es geht.*

Der Brei quetschte sich in jede Ritze ihres Körpers, als sie zwischen Schädeln und Knochen geduldig wartete, bis ihre Verfolger die Suche aufgaben.

# 27

Auf dem Monitor an der Wand wurde dem armen Will gerade das zweite Mal zum Igelrammeln gratuliert. Lincoln führte ihn zum Tisch, auf dem das inzwischen verstorbene Tier in einer Blutpfütze lag.

Wills gesamter Hüftbereich war jetzt mit tiefen Schrunden übersät, aus denen Blut sickerte. Unzählige Stacheln steckten in seiner Haut. Er hinkte und verzerrte bei jedem Schritt vor Schmerzen das Gesicht. Weinend schüttelte er mit dem Kopf. Immer wieder zeigte er verzweifelt auf seinen Schwanz runter, der in dem blutigen Massaker schlapp herunterhing. Anscheinend konnte oder wollte er nicht mehr.

Er fing schluchzend an, das blutige schlappe Elend zu wichsen, während Lincoln motivierend auf ihn einredete. Das war allerdings nicht sehr hilfreich, denn Will diskutierte jammernd mit Abe, bis dieser genervt einen Befehl gab. Ein maskierter Wächter trat vor und schoss Will in den Fuß. Bei diesem Anblick fiel mir mein eigener Fuß wieder ein. Die Schmerzen konnte ich nachvollziehen, aber nicht, was Will dann tat.

Er fiel auf die Knie und flehte den Typen mit dem Gewehr an. Mit geballten Fäusten kniete der riesige Kerl vor dem Wachmann und flehte um Gnade, während ein großer Schwall Scheiße zwischen seinen Arschbacken wie eine Wasserfontäne auf Lincolns Hose spritzte. Abe starrte angewidert auf seine Hose und nahm dem Wachmann wütend die Knarre aus der Hand.

Er verpasste Will mehrere Kugeln in den Arsch. Der zuckte zusammen und schrie laut auf.

Abe bückte sich und schob den Lauf tief in Wills Arschloch hinein. Dieser zuckte stakkatoartig, während die Kugeln in seinen Unterleib ratterten.

»Wieder ein Loser weniger, nicht wahr, Daddyficker?«, meinte Landser grinsend zu mir.

*Fuck, wie gern würde ich diesem Arschloch die Fresse polieren.*

Aber es war klüger, sich körperlich zurückzuhalten. Ich könnte ihn provozieren. Wenn er mich angriff, würden die Wächter kurzen Prozess mit ihm machen. Ich musste ruhig bleiben, auch wenn es schwierig war. Ich atmete tief durch und wollte gerade zu einer Provokation ansetzen, da öffnete sich die Tür.

»Chains, du bist dran.«

# 28

»Junkies. Ich denke, es waren Junkies, die mir was über die Rübe gezogen haben.« Burt nickte stumm und bog links ab. In dieser gottverlassenen Gegend gab es nichts als Sand und unzählige Kakteen, doch in der Ferne war jetzt ein Farmgelände zu erkennen.

»Dieses Dreckspack! Hier gibts jede Menge davon, viele Kriminelle werden auch von der Lotterie angezogen. Diese abartige Vorstellung zieht das Gesocks an wie ein ungewaschener Pimmel die Fliegen. Ich hoffe, Sie haben nichts mit dieser unmoralischen Vorstellung zu tun?«

Chains schüttelte energisch mit dem Kopf und starrte auf das Bauernhaus, das immer näher rückte.

»Schöne Farm haben Sie da. Züchten sie Rinder?«

»Rinder? Was sollten die Viecher hier fressen? Sand und Kakteen, oder was?«, lachte Burt.

»Ich entschuldige mich, ich bin ein Stadtmensch, ich habe keine Ahnung von Landwirtschaft«, antwortete Chains verlegen.

Der Wagen hielt an. »Aussteigen, guter Mann. Jetzt werde ich Ihnen erst mal was zum Anziehen besorgen.«

Aus der Nähe betrachtet, sah das Farmgebäude ziemlich verwahrlost aus. Die Fensterscheiben waren verschmiert, vollkommen blind und vergittert. Nur die Haustür war eine neu aussehende robuste Stahlkonstruktion.

Burt ging vor dem nackten Chains her, der sich verlegen die Hände vor den Schritt hielt. Er sperrte die Stahltür auf und zeigte mit dem rechten Arm in den dunkel wirkenden Wohnraum. »Nach Ihnen, alter Junge.«

Chains stolperte in den Raum und fragte: »Und was züchten Sie hier, Mister?«

»Möbel« hörte er noch, bevor er einen stechenden Schmerz am Kopf spürte.

# 29

Die Wachen waren nervös und schauen sich ständig um, als wir durch den endlosen Flur marschierten. Wir kamen an dem Schweinekoben vorbei. Auch die Tiere waren aufgeregt und schoben etwas im Schlamm mit ihren Schnauzen vor sich her.

Wills Hand winkte mir aus dem Schlamm zum letzten Gruß entgegen, sein Arm wurde gerade von zwei kräftigen Tieren vom Körper abgerissen.

Ich musste an die Symbole denken, die wir heute auf dem Rad entdeckt hatten.

Wieder waren einige Frauen dabei gewesen, aber außer dem Igel konnte ich nichts richtig zuordnen.

»Vorwärts!« maulten meine Bewacher und schoben mich durch den Vorhang.

Das Publikum applaudierte. Sie hatten wohl noch meine Nummer von vorhin vor Augen, denn es wurde auch herzlich gelacht. *Dreckige Bastarde!*

Da war es wieder, das verdammte Rad.

Daneben der grinsende Moderator dieser bizarren Show, dem immer noch Wills Scheiße an der Hose klebte.

Ich ging auf das Rad zu und drehte das Drecksding, wollte es hinter mir haben, und wenn ich durch die Kettensäge sterben würde, wäre diese Farce wenigstens für mich beendet.

Die Kettensäge war außer dem Igel das Symbol, das auf dem schicksalhaften Rad am häufigsten auftauchte.

Doch ich hatte wohl besonderes Glück. Nachdem das Knattern verstummte, zeigte der Lederlappen auf das Symbol, das ich aus irgendeinem Disney-Film kannte.

Totenstille im Raum.

Es zeigte ein lieblos angepinntes Bild einer Meerjungfrau.

*Sollte ich jetzt Arielle die Meerjungfrau ficken, oder was?*

Ich blickte an mir herab. Okay, ich war jung und ich war geil, selbst wenn sie mir eine Robbe präsentierten, ich würde mein Bestes geben. Mein Schwanz stand bereit.

»Junge, gratuliere! Na dann viel Spaß mit der Meerjungfrau«, wünschte mir Lincoln grinsend.

Über mir hörte ich, wie eine riesige Lüftungsanlage ansprang. Ich spürte, dass sich meine Haare aufstellten, die ich laut der Meinung meines Vaters »lang wie eine Schwuchtel« trug.

Der Vorhang teilte sich und eine Bahre wurde hereingerollt. Darauf lag eine tote Frau und ich musste würgen, als die ersten Gerüche zu mir herüberzogen. Ich spürte, wie alles Blut aus meinem Gesicht wich, als ich aus der Nähe sah, was ich dort penetrieren sollte und wovon mein Leben abhing.

Vielleicht sollte ich betteln, dass ich die Säge bekam, und als geschlagener entmannter Verlierer die Halle verlassen. Denn dort vor mir auf der Bahre lag eine aufgedunsene Wasserleiche. Die Haut war bläulich schwarz verfärbt und darunter konnte man sehen, wie beim Heranrollen der metallenen Bahre verschiedene Flüssigkeiten in Bewegung gerieten.

Gasblasen bewegten sich unter der Haut des Bauches, der rund wie ein Ballon war. Die Augen waren nur noch graue faulige Flächen, die in dem Gesicht herumschwappten, in dem sich unzählige winzige Glaswürmer tummelten. Haare waren keine mehr auf dem Kopf der Leiche zu entdecken. Anscheinend war ihr die komplette Haarpracht samt Kopfhaut runtergerutscht und weggefault. Die Schädeldecke leuchtete weiß in dem zerfetzten Fleischkranz im oberen Bereich ihres verwesten Schädels. Unzählige Maden versuchten, die Haare imitieren zu wollen, so wie sie auf der Schädeldecke herumwuselten. Entsetzt starrte ich zwischen die gigantisch aufgedunsenen Schenkel der stinkenden Leiche.

Es lag keine Frau mit Fischschwanz und keine Robbe vor mir, ich sollte offensichtlich eine halb verweste Wasserleiche ficken. *Meerjungfrau, sehr witzig.*

Mein Magen tat das einzig vernünftige, er schoss eine gewaltige Fontäne über meine Lippen und diese traf den bläulichen Leib, der bestialisch stank und in dem es vor Faulgasen und Würmern, Fliegen und Maden nur so wimmelte.

Ich spürte, wie Lincolns Hand auf meine Schulter klopfte. »Na, die ist ja mal gut durch. Nicht wahr, Junge? Und jetzt ran, bevor sie noch ranziger wird. Such dir ein Loch aus.«

Sein gehässiges Lachen holte mich aus meiner Agonie und ich versuchte, mich auf meine Aufgabe zu konzentrieren. *Such dir ein Loch aus.*

Okay, wo sollte ich beginnen? Es gab einen aufgeplatzten Riss in der Wade, dort war das Fleisch in Bewegung. Ich starrte auf einige Nacktschnecken, die an der Grenze zur Haut schleimig ihrer Arbeit nachgingen und langsam das Fleisch abraspelten. Weißliche halbtrockene Fäden liefen über die etwa zehn Zentimeter lange Wunde im Zick-Zack hin und her. *Nein, danke, nein.*

Die Oberschenkel waren unverletzt. Doch prall, baumdick und mit Faulgasen gefüllt, die wie Sekt unter der Dermis perlten. Die Haut war stellenweise transparent und die Gasblasen wanderten unter ihr aufwärts. Sie suchten sich einen Weg in den Kanälen der Fettschicht. Kanäle, die in der grauweißen Masse aussahen wie die Gänge in einer Ameisenfarm.

Gase entwichen mit lauten Furzgeräuschen aus ihrer Möse. Die riesig aufgeschwollenen Schamlippen flatterten dabei immer wieder auseinander. Sie gebaren dabei einen Schwall Maden nach dem anderen, die sich zu dem zuckenden weißen Haufen gesellten.

Ein schleimiger Faden seilte sich an dem linken grauschwarzen Fleischlappen ab. Zwischen den Beinen lag wohl auch die Hauptquelle des Gestankes, der mir stechend in die Nase zog. Dort hingen noch zottige Schamhaare und bildeten ein riesiges schwarzes verfilztes Dreieck, das mit Dreckklumpen versetzt war.

Die Titten waren wohl durch ihr Gewicht vom Körper gerissen worden und hatten auf dem Brustkorb zwei große schrundige Löcher hinterlassen, durch die man die Rippen erkennen konnte.

Wie zwei undefinierbare faulige Fettklumpen lagen die Brüste rechts und links auf dem Edelstahl des Tisches. *Für einen Tittenfick müsste ich mir die zwei prächtigen fauligen Euter erst einmal zurechtlegen.*

Ich verlor langsam den Verstand. Und es war ein verdammt gutes Gefühl. Dieser Gedanke brachte mich zum Kichern, ich atmete dabei eine Gaswolke aus der flatternden Möse ein und musste mich wieder übergeben.

»Junge, wir haben nicht den ganzen Tag Zeit, außerdem stinkt deine neue Freundin etwas, also rein mit dem Stock.«

Alles drehte sich um mich herum. Ich stolperte vorwärts und griff instinktiv zu. Etwas wabbelte zwischen meinen Fingern. Ich öffnete die Augen und sah, wie meine Hände die Knöchel der Toten umklammerten. Ihr Körper fühlte sich eiskalt an.

Ich starrte auf sie hinab. Ihre Fußnägel waren pink lackiert und im Gegensatz zum Rest des Körpers in gepflegtem Zustand.

Lincoln schaute auf sein Handgelenk, betrachtete die Uhr, die er nicht besaß, und grinste mich ungeduldig an. Er tippte auf seinen Unterarm.

*Es wurde Zeit.*

Eine Waffe richtete sich auf mich. Ich nestelte den Gürtel auf und zog langsam meine Hose aus. Dabei starrte ich immer wieder von der Leiche ins Publikum und zurück. Versuchte, meinen Magen zu ignorieren, der sich bei jedem Atemzug verkrampfte.

Die Spannung lag schwer im Raum. Diese Schweine auf ihren Klappstühlen warteten gespannt darauf, was ich tun würde.

Okay, mein Schwanz stand – trotz des Gestanks und des grässlichen Anblicks der Wasserleiche. Die Pillen waren wirklich ein Teufelszeug, sie ließen mein Fleisch vergessen, was Ekel und Anstand eigentlich von mir verlangten. Aber was sollte ich tun? Ich musste mir etwas einfallen lassen.

Ein Blowjob fiel jedenfalls flach. Die Lippen der Leiche waren weggefault. Der Mund, der mit schwarzen Zähnen bestückt war, stand offen, sah aber wirklich nicht sehr einladend aus. Auch hier konnte ich Bewegungen im Dunkel wahrnehmen.

Fasziniert beobachtete ich, wie eine Made aus den schwarz umrandeten Nasenlöchern fiel und kurz darauf im lippenlosen Mund verschwand.

Langsam wurde das Publikum ungeduldig.

Ein stakkatoartiges Gestampfe tönte zu mir herüber und ließ den Boden vibrieren.

Ich musste *es* endlich tun. Inzwischen zielten vier Gewehre auf mich. Ich packte die Fußgelenke der Leiche und zog sie zu mir heran. Der Kadaver rührte sich keinen Millimeter. So kam ich nicht weiter, ich zog wieder und ließ mich nach hinten fallen.

Die Haut löste sich mit einem lauten Schmatzgeräusch vom Edelstahl, und ehe ich mich versah, saß ich auf dem Boden.

Vor meinem Gesicht wogten die aufgequollenen Schamlippen. Eine neue unglaubliche Woge des Verwesungsgestanks zog in meine Nase.

»Ja, Junge! Leck sie erst einmal, mach sie so richtig geil!«, rief jemand aus dem Publikum.

Ich starrte auf die Schamlippen, zwischen denen jetzt weißer Schaum zu Boden tropfte.

Lincoln packte mich an den Schultern und zog mich hoch. Er schubste mich zwischen die Beine und wurde wütend. »Jetzt fick sie endlich!«

Ich stieß in die Möse und spürte nur geringfügigen schleimigen Widerstand. Und eine schreckliche Kälte.

Meinen Atem hatte ich angehalten, denn wenn ich an den Gestank dachte, dann …

Und ich kotzte wieder über die Leiche.

Aber ich musste abspritzen, und zwar bald!

Ich konzentrierte mich auf meinen Schwanz. Dort fühlte es sich an, als würden winzige Hände meine Eichel streicheln und liebkosen. Ich schob den Gedanken, dass es Maden waren, beiseite. Ich stieß zu, legte alle Kraft in meine Hüften und rammelte wie wild drauf los.

Schleimige Brühe schoss an meinem Schwanz entlang und spritze auf meine Oberschenkel. Von der Muschi selbst war nicht viel zu spüren, sie hatte sich innerlich wahrscheinlich schon längst aufgelöst. Ich kam nicht weiter, besser gesagt, ich *kam* nicht.

Ich ging ein paar Schritte zurück und schnappte nach Luft. Blickte an mir hinab. Mein Schwanz war verschmiert mit einer blaugrün schimmernden Flüssigkeit.

Das Poloch war die Lösung! Ich hielt wieder die Luft an und rammte meinen Schwanz dort hinein. Auf Befindlichkeiten musste ich ja keine Rücksicht nehmen. Diese Lady würde sich nicht zieren, wenn ich den Hintereingang benutzte. Ich stieß wieder zu, das Arschloch war noch nicht verwest und lief geschmeidig an meinem Schaft entlang. Es war noch recht eng und somit erfolgversprechend.

Ich packte ihre Hüften und fickte um mein Leben. Gasblasen wabbelten unter der Haut hin und her und ich spürte, wie sich das verrottete Fleisch unter meinen Fingern auflöste.

Mein Magen tat seinen Teil und stieß immer mal einen Schwall Galle über meine Lippen. Aber ich spürte, dass ich es konnte. Ja, ich konnte spritzen, wenn ich wollte. Fuck, ich tat das vollkommen Unmögliche, ich zog ihn raus und ging wichsend um den Tisch herum. Was jedoch nicht so einfach war. Die Rosette der Lady hatte sich gelöst und hing nun an meinem Schwanzansatz wie ein Cockring aus Fleisch.

Doch Lincoln hielt mich auf. »Hey Junge, nicht wichsen, du sollst …« Er verstummte abrupt, als ich über dem Gesicht der halb verfaulten Leiche abspritzte wie ein Pornostar. Es schoss aus mir heraus und tropfte in die Augenhöhlen, in denen nur noch weißgraue Flüssigkeit übriggeblieben war. Ich wichste über die fauligen Zähne, von dort tropfte es in ihren toten Schlund. Zum Abschied schob ich ihr meine Latte in den Rachen, während ich den blanken Schädel festhielt. Das Zucken der Maden zwischen meinen Fingern kitzelte.

Das Publikum tobte, als ich Luft holte, den Gestank einatmete und zu guter Letzt noch einmal komplett über das vollgewichste Gesicht kotzte.

Lincoln war sprachlos und zog mich an der Schulter ins Scheinwerferlicht. »Junge, du hast das Talent deines Vaters.«

# 30

Chains erwachte in einem winzigen Käfig. Er rüttelte am Gitter, doch es gab keine Chance, dort herauszukommen.

»Sie sind ja wach«, sagte eine Frauenstimme.

Chains fluchte. »Verdammt nochmal, lass mich hier raus!«

»Daddy hat gesagt, dass Sie das sagen würden. Aber er hat auch gesagt, dass Sie mich vergewaltigen werden. Sie sind ein böser Mann, hat er gesagt.«

»Fuck, Mädchen, ich tue dir doch nichts«, lenkte Chains ein. Er sah immer noch nicht, woher die Stimme kam und starrte angestrengt in den Raum.

»Sie würden mir nichts tun?« Die Stimme klang wie die einer erwachsenen Frau, doch augenscheinlich war sie nicht die Hellste.

*Vielleicht kann ich sie überreden, mich hier rauszulassen*, dachte Chains.

»Mädchen, du hast eine nette Stimme, zeig dich doch mal, damit ich sehen kann, wie du aussiehst.« Er hörte Schritte näherkommen und sah zuerst zwei ansehnliche Waden, die in albernen Ringelsocken steckten.

»Daddy sagt, ich bin ein hübsches Mädchen.«

Chains schreckte entsetzt zurück. *Dein Daddy ist ein verdammt guter Lügner.*

Sie kniete sich vor den Käfig nieder und Chains betrachtete das Wesen angewidert. Sie war recht weiblich gebaut und ihre Titten sahen unter der Bluse ordentlich aus, doch ihr Gesicht war entsetzlich entstellt. Es war beinahe dreieckig, ein Auge saß fast mittig auf der nach vorn gewölbten Stirn und starrte ihn neugierig an. Es hatte die Farbe von Meerwasser und hätte eher in das Gesicht eines Topmodels gepasst als auf die Beule in ihrem Kopf. Über dem Auge zog sich eine einzige Augenbraue von einem Ohr, das normal positioniert war, bis zum anderen, das neben der krummen Nase saß.

Ein zweites Auge starrte Chains an. »Wie heißt du, Mädchen?«, wollte Chains wissen.

Dieses Auge saß bizarrerweise auf ihrer Schulter in einer kleinen Kuhle. Es verfolgte jede seiner Bewegungen und war vor allem an seinem Schwanz sehr interessiert.

»Frauke heiße ich«, antwortete sie aufgeregt und strich sich verlegen durch das schwarze Haar, welches in Büscheln auf ihrem Schädel wuchs. Dazwischen lugten glänzende Beulen hervor.

Das Mädchen erweckte den Eindruck, als hätte es sein bisheriges Leben neben einer Atommülldeponie verbracht.

»Na, Mister Chains, gefällt Ihnen meine Tochter?«, wollte Burt wissen, der jetzt lässig hinter ihr im Türrahmen stand und die Daumen in die Hosentaschen eingehakt hatte.

»Fuck, warum haben Sie mich eingesperrt? Behandelt man so einen anständigen Amerikaner?«

»Fluchen Sie nicht in der Gegenwart meiner Tochter, sonst kommen Sie da nie raus«, knurrte Burt und klimperte mit einem Schlüsselbund.

»Daddy, ich mag ihn. Der ist lustig.«

»Sie haben Glück, sie mag Sie, ich sperre den Käfig auf.« Er zog einen Revolver aus dem Halfter und zielte auf Chains, um ihm zu zeigen, dass die Sache noch nicht vorbei war.

»Was haben Sie mit mir vor?«, wollte Chains wissen und rieb sich die Beine, die eingeschlafen waren von der unbequemen Sitzposition in seinem Gefängnis. Währenddessen spürte er eine neugierige Hand, die etwas grob an seinem Skrotum zerrte.

»Hey Mädchen, das macht man aber nicht«, sagte Chains.

»Macht man aber nicht?«, wiederholte sie und starrte ihren Vater fragend an.

Fuck, das Auge auf der Schulter drehte sich dabei in Chains' Richtung und zwinkerte ihm zu.

»Mister, wenn meine Tochter Ihren Sack will, bekommt sie ihn auch! Seien Sie froh, dass Ihre Eier noch dranhängen.«

Chains beschloss, erst einmal nichts mehr zu sagen und ignorierte die kräftige Hand, die jetzt wie wild an seinen Eiern herumzerrte. Dabei kicherte die Missgeburt hinter ihm wie eine Irre.

# 31

Ich stapfte zum Rad und stieß es an. Dabei zog ich mir die fremde Rosette von meinem immer noch stahlharten Schwanz. Das Rad stoppte. *Na, so wird er wenigstens wieder sauber.*

Ich starrte grinsend auf das Pin-up-Girl auf dem blauen Dreieck. Über meinen Geisteszustand müssen Sie sich keine Sorgen mehr machen, inzwischen war ich total durchgeknallt und genoss es.

Mein Alter hatte mich mein Leben lang runtergebuttert. Doch bei dieser bizarren Nummer hier war ich der Star, war der Supermann des Fickens, nicht einmal ein verfaultes Loch konnte mich noch bremsen. Verfault war das Loch nicht, das ich jetzt serviert bekam, aber wahrscheinlich ziemlich nahe dran. Eine dürre Tussi mit vollkommen zerstochenen Armen kam lässig hinter dem Vorhang hervorgeschlendert. Sie war nur mit einem Feinrippunterhemd bekleidet, das deutliche Kotzspuren zwischen den kaum vorhandenen Brüsten aufwies. Ihre Fresse war über und über mit blauen Flecken übersäht. O Mann, ich glaube, das bezaubernde Wesen war Landsers Schwester.

Sie ging vor mir auf die Knie und saugte meinen mit faulem Leichensaft beschmierten Riemen in sich hinein, als wäre es eine Zuckerstange.

Sie würgte, doch das war vermutlich nur der Reflex, der beim *Deep Throat* einsetzte und ich schob rücksichtlos nach. Ihre Augen wurden verdammt groß, als ich sie an den fettigen Haaren packte und ihren Kopf mit Gewalt gegen meine Hüfte presste.

Ich sah, dass sie unter sich pisste, und spürte den Strahl warm an meinen Füßen. Ich starrte zum Publikum, das mich mit tosendem Applaus gebührend feierte.

Kurz bevor die Schlampe erstickte, denn ihr Gesicht lief schon blau an, spritze ich ihr ins Gesicht und mein Sperma lief wie weiße Tränen aus ihren blutunterlaufenen Augen.

»Arschloch!«, würgte sie hervor und spuckte mich an. Sie wurde von Lincoln, unserem Landesvater, weggeführt, bevor sie mir die Augen auskratzen konnte.

Ich ließ mich vom Publikum feiern und musste erneut von Lincoln darauf aufmerksam gemacht werden, dass mein Spiel noch nicht zu Ende war.

Ich drehte wieder an dem Rad. Dieses Mal hatte ich ihm verdammt viel Schwung mitgegeben und das Rad lief und lief.

Und wieder hielt es bei einem Pin-up-Girl an und ich verbeugte mich vor meinem Publikum, das mir euphorisch zujubelte.

Die Junkienutte von vorhin kam wieder auf mich zumarschiert und kniete erneut trotzig vor mir nieder. Ich schlug ihr mit meinem harten Riemen links und rechts ins Gesicht. Fuck, ich war Theologiestudent und kein Perverser, doch das Erbe meines Vaters ergriff offensichtlich Besitz von mir.

Ich rammte meinen Schwanz erneut in ihren Rachen. Sie würgte und ich betrachtete fasziniert die Adern an ihrem Hals, von denen die meisten schorfig und entzündet waren. Sie schwollen immer mehr an und sie würgte und würgte.

Ich hielt mit einer Hand ihren Kopf, mit der anderen streichelte ich meine Eier. Sie schlug gegen meine Beine, doch die Schläge wurden schwächer. Irgendwann hing sie nur noch leblos vor mir und ich gab Gas, denn ich spürte, dass ihr dürrer Körper langsam erkaltete. Das ausgemergelte Etwas hing ohne Spannung in meinen Händen. Ich drehte sie mir zurecht und nahm ihr totes enges Loch in Angriff, während ihre stupide Visage über den dreckigen Boden schrappte. Die schlaffe Zunge leckte über die Hobelspäne unter ihr.

Ich fickte ihren knochigen toten Junkie-Arsch so hart, dass er blutete.

Doch heißt es nicht, Tote würden nicht bluten?

Überrascht sah ich, dass sie hustete, daraufhin zog ich ihn aus ihrem braunroten Loch und rammte ihn wieder in ihren Schlund. Fickte ihr das letzte bisschen Leben aus dem Kopf und spritzte schließlich in ihr fettiges Haar.

Um sicherzugehen, dass sie wirklich tot war, packte ich ihren Kopf und drehte die hässliche Visage mit einem lauten Krachen nach hinten. Verächtlich ließ ich sie in den Dreck fallen. Das Publikum war fassungslos, ich hinterließ Totenstille, als ich abgeführt wurde.

# 32

»Legen Sie die Handschellen an!« Burt warf diese seiner Tochter zu, die sie mit dem Zerrbild eines Lächelns an Chains weiterreichte.

Chains legte sie sich widerwillig an. Er streckte sich und starrte auf den Revolver in Burts Hand.

»Den werden Sie nicht brauchen, ich bin ein alter Mann.«

Burt lächelte. »Sie haben recht, ich denke, Sie werden mir nicht davonlaufen.«

Frauke hüpfte auf der Stelle und klatschte in die Hände. »Er hat tolle Beine, er hat so tolle Beine.«

Chains starrte sie entgeistert an. »Ist sie so bescheuert, wie sie aussieht? Was soll die Nummer mit meinen Beinen?«

»Mehr Respekt, alter Mann! Ich werde Ihnen zeigen, was sie meint. Vorwärts!« Er winkte mit dem Lauf der Pistole zu einer Zimmertür. Chains ging darauf zu und öffnete sie. Dahinter führte eine Treppe abwärts.

»In den Keller?«

»Ja, Mann, in den Keller. Na los!«

»In den Keller, in den Keller«, wiederholte die kleine Irre.

Chains betätigte den Lichtschalter und spürte den kalten Beton unter seinen Fußsohlen, als er langsam die Stufen hinabstieg. Er hatte den dumpfen Verdacht, dass er diese Stufen nie wieder hinaufgehen würde.

Mit jedem Schritt weiter nach unten nahm er einen immer fauliger riechenden Fleischgeruch wahr. Am Ende der Treppe blendete ihn ein gewaltiger Kronleuchter an der Decke, dann fiel sein Blick auf die Möbel im Raum und er entdeckte, was ihm vermutlich bevorstand. Der Kronleuchter bestand aus mehreren menschlichen Gliedmaßen, an deren Enden Glühbirnen angebracht waren. In der Mitte des Raumes stand ein Tisch, der von dem Kronleuchter unbarmherzig angestrahlt wurde.

Dieser Tisch bestand aus vier Männern, die an den Hüften zusammengenäht waren und keine Beine mehr hatten. Die Arme bildeten die Beine des Tisches und waren wahrscheinlich mehrfach gebrochen worden, um eine dermaßen unnatürliche Haltung anzunehmen.

Die Haut war gelblich verfärbt und sah lederartig aus, so wie man sich die Haut einer Moorleiche vorstellt.

Doch dies waren keine Leichen, denn ein leises Stöhnen erklang aus den Mündern der Köpfe, die sich immer wieder zuckend bewegten. Sie bildeten eine X-förmige Tischplatte, auf der eine Blumenvase stand.

Um die Fläche zu vergrößern, hatte man den Männern die Haut an den Seiten langgezogen und zusammengenäht. Sie war so straff, dass sie transparent wirkte. Die Arme waren nach hinten gebogen, dass es so aussah, als wären sie Schlangenmenschen, die sich auf den Händen abstützten. Eine Art menschliche Krabbe wäre auch eine gute Bezeichnung für dieses fleischliche Konstrukt.

In der Mitte unter ihnen stand eine Schüssel, in die ständig etwas Zähflüssiges tropfte. Unkontrolliert entleerte sich darin der Darminhalt des organischen Möbelstückes. Die Gesichter waren verzerrt bis zum Äußersten, und mindestens einer war wohl doch nicht mehr am Leben, bei der Menge an Maden und Fliegen, die an seinen Wundrändern herumkrabbelten. Sein Gesicht war nur noch eine parasitäre Masse.

»Ist das nicht ein toller Tisch, den Daddy und Mama da gebaut haben?«, fragte Frauke und hüpfte auf die bizarre Fleischkonstruktion, die mit einem bizarren Aufstöhnen reagierte. Die Blumenvase fiel um, rollte über die Tischkante und landete mit einem lauten Platschen in der provisorischen Toilette darunter. Das deformierte Mädchen lehnte sich lässig zurück und spielte mit einem der Schwänze im Zentrum des Tisches. Sie beugte sich vor und lutschte daran herum, bis ihr Vater schließlich die Beherrschung verlor.

»Siehst du nicht, dass er tot ist, du dumme Kuh?«

»Ja, Daddy«, gab sie kleinlaut zu und zog ein Gesicht, das alle Väter der Welt sämtliche Dummheiten verzeihen ließ. Auch wenn Chains das Kind beim Anblick dieser Visage direkt nach der Geburt gegen die Wand geklatscht hätte. Und das solange, bis nur noch Matsch übrig gewesen wäre. Aber das hätte Chains an manchen Tagen auch mit jedem anderen Kind gemacht.

Sie spielte und leckte abwechselnd an den anderen drei Schwänzen herum. Langsam fingen diese an, sich zu recken.

Ein Tisch aus Fleisch war schon krank, aber ein erregter Tisch, der unter den geschickten Lippen und Händen der Tochter stöhnte, das war etwas, was sogar Chains aus der Fassung brachte.

»Wie haben Sie es hingekriegt, dass die noch nicht verreckt sind?«, fragte er verwundert.

Währenddessen stöhnte einer der armen Kerle lustvoll auf, und sein Samen spritzte in das Gesicht der Missgeburt.

»Meine Frau ist eine Künstlerin, sie hat das meiste hier erschaffen«, erklärte Burt mit vor Stolz geschwellter Brust. Er zeigte auf ein Bild an der Wand neben sich.

In dem billigen Holzrahmen waren Burt, seine abgrundtief hässliche Tochter und eine Frau zu erkennen, die Chains irgendwie bekannt vorkam.

*Ein verdammt kitschiges Bild*, dachte er, *trotz der Mutantenfresse.*

Darunter stand eine menschliche Kommode. Die Beine waren entfernt worden und die Augen starrten ihn aus einem unmöglichen Winkel unter den Fettmassen heraus an. Die Oberarmknochen waren abgesägt und gespreizt worden. Sie ragten links und rechts V-förmig aus dem fauligen Fleisch. Darauf ruhte dieses bizarre Möbelstück. Eine Kerze steckte dekorativ in seinem Arsch. Ein kleines geblümtes Platzdeckchen mit einem Loch in der Mitte lag auf den Arschbacken. Mehrere Taschen aus der eigenen Haut waren auf der Vorderseite in die Fettwülste eingenäht. Aus der untersten lugten ein paar Zeitungen heraus.

Chains hörte eine leise Stimme von unten flüstern.

»In der dritten Falte von oben steckt eine Pistole, Kumpel.«

Er sah entsetzt nach unten. Das durch die unnatürliche Haltung verzerrte Gesicht zwinkerte ihm auf dem Kopf stehend zu, während schaumiger Sabber aus dem Mund in dessen Nase sickerte.

Chains griff unauffällig hinein, doch außer dem schmierigen Schwanz des menschlichen Möbelstückes fühlte er nichts. Der Kopf unter ihm lachte gehässig auf.

Burt lächelte. »Na, hat er Sie reingelegt? Die Nummer zieht er mit jedem ab. Der Kerl ist ein verdammter Witzbold.« Burt inspizierte seinen Gast. Bedauern lag in seiner Stimme. »So, ich werde Ihnen zwar die Beine abnehmen können, doch das Annähen wird schwierig werden.«

Chains spürte einen Schlag auf den Kopf, dann wurde wieder alles schwarz.

# 33

Sarah lag seit einer gefühlten Ewigkeit im Schlamm und beobachtete, wie die Tiere die Leiche des Mannes zerfetzten und im roten Brei hin und her schoben. Immer, wenn die Schweine ihr zu nahekamen, stach sie mit der Schere nach ihnen. Daraufhin suchten die Tiere sich ein leichteres Stück Nahrung. Die Überreste von Will reichten für alle. Sie rissen an Armen und Beinen, quiekten und grunzten aufgeregt und sorgten dafür, dass der Blutspiegel im Brei unaufhörlich stieg.

So konnte Sarah den Flur im Auge behalten, wo immer wieder mal Männer entlangkamen und auch eine der Junkie-Schlampen vorbeistolperte. Auf dem Rückweg hustete und würgte sie und rotzte Schleim in das Gehege, ohne Sarah zu bemerken, die komplett mit Schlamm bedeckt war.

Kurz darauf kam ein Mann, sah sich immer wieder im Flur um und stellte sich kurz darauf an das Gitter.

»Na, ihr Süßen?«, flüsterte er und nestelte an seiner Hose herum. Zwei Augen beobachteten ihn aus dem Schlamm heraus dabei, wie er seinen Schwanz herauszog, der schon halb erregt war, und ihn wichste.

Er nahm die Bewegung in dem Brei nicht wahr. Die immer näherkommende schlammverschmierte Erscheinung mit den schneeweißen Zähnen, die darin aufleuchteten, als er abspritzte. Sie rammte ihm die Schere in die *arteria femoralis*, auch Oberschenkelarterie genannt. Als

Krankenschwester wusste sie genau, dass ihm eine solche Verletzung den Saft schnell aus dem Körper lassen würde.

Erst links, dann rechts, und weil er ihr seinen Samen ins Gesicht gespritzt hatte, auch noch einen Stich in das hell leuchtende Dreieck über seinem Schwanz. Er schrie entsetzt auf. Ein dreifacher Sturzbach aus Blut schoss aus ihm heraus und wusch ihr den Schlamm aus ihrem grinsenden Gesicht.

Doch Sarah war noch lange nicht am Ende ihrer Rache angelangt. Sie packte seinen kümmerlichen Penis und schnitt ihn mit der Schere ab. Nach einiger Anstrengung warf sie ihn lässig über ihre Schulter, wo ein Ferkel ihn geschickt mit den Zähnen auffing. Sarah schnellte hoch, um den leblosen Mann ins Gehege zu ziehen.

*Einer weniger*, dachte sie und durchsuchte die Leiche. *Verdammt, keine Schusswaffe!*, sie konnte nur ein Messer in seiner Hosentasche ertasten. Inzwischen hatten sich die Schweine neugierig um sie herum versammelt. Der Geruch von frischem Blut machte sie nervös.

Sie schlitzte der Leiche den Bauch auf, zerrte seine Därme heraus und gab den Schweinen einen Happen davon. Drei Tiere fingen vor Aufregung an, sogar nach ihr zu schnappen.

Wieder kam die Schere zum Einsatz. Sie zerrte ihm die Kleidung vom Körper. Schwarzer Pullover, schwarze Hose und die Skimaske, die hier alle trugen. Diese stahlblauen Augen kannte sie doch – das war der Bastard, der sie entführt hatte.

Jetzt sah er nicht mehr so cool aus, als die Schweine sein Gesicht demontierten.

»Du wirst keinem unschuldigen Mädchen mehr was in den Drink mischen«, flüsterte sie und kletterte aus dem Gehege. Sie zog sich die Klamotten über, die zwar schlammverschmiert und viel zu groß waren, aber zusammen mit der Skimaske war sie wenigstens im Moment ausreichend getarnt.

Sie wartete. Schon bald hörte sie wieder Schritte. Das war doch der Typ, dem sie die Scheiße vom Schwanz hatte lutschen müssen.

Er kam mit einer Eskorte von zwei bewaffneten Männern den Gang entlang. *Der ist ein Gefangener wie ich*, dachte sie und stützte sich lässig am Rand des Geheges ab. Die Männer gingen an ihr vorbei und nickten ihr grüßend zu. *Was für Idioten!* Sie spürte das Messer in der Hosentasche und überlegte, ob sie wohl schnell genug wäre.

# 34

»Du hast meine Schwester umgebracht!« Mit diesen Worten wurde ich begrüßt. *O Mann, der hat mir gerade noch gefehlt.*

Landser stand vor dem Monitor, dessen Bild jetzt von unzähligen Rissen übersäht war, als hätte ein Irrer mehrmals mit der Faust darauf eingeschlagen. Er drehte sich um und starrte mich wutentbrannt an.

Erneut ertönte der Hinweis von oben aus der Sprechanlage: »Wer einem Kandidaten etwas antut, wird sofort erschossen.«

Landser brach weinend zusammen.

Billy glotzte mich an. Er lehnte an der Wand und kratzte sich am Unterarm, wo er immer noch großflächig blutete. Er war verdammt nervös.

Die Anspannung und der Hass im Raum knisterten wie eine elektrische Ladung, die sich nicht entladen konnte. Landser starrte mich an und murmelte vor sich hin, schien immer wieder zu überlegen, ob er es riskieren sollte, mich anzugreifen. Ich konnte mir ein Grinsen nicht verkneifen. *Was haben diese Schweine nur aus mir gemacht?*

Ich konnte fast Erleichterung in Billys Zügen sehen, als sie ihn zu seiner Runde in diesem wahnsinnigen Spiel abholten. Auf dem gesprungenen Bildschirm konnte ich mitverfolgen, wie er über die Wasserleiche kotzte, immer wieder den Kopf schüttelte und vor Lincoln in die

Knie ging. Eine Kugel ließ seinen Schädel platzen und er wurde an den Füßen hinter den Vorhang gezerrt.

*Schwache Leistung, Billy.*

Jetzt blieb eigentlich nur noch Landser übrig. In seiner derzeitigen Verfassung würde er wahrscheinlich keine großartigen sexuellen Kunststücke leisten können, geschweige denn eine Wasserleiche ficken. Im Moment sah er mit seinen Tränen in den Augen eher aus, als hätte er schon verloren. Dann wäre ich der Sieger in diesem abartigen Spiel. Sofern es überhaupt einen Sieger gab, denn letztlich wusste ich nicht, was hier wirklich ablief.

Als Landser abgeholt wurde, grinste er schon wieder. Gebannt sah ich über den Monitor dabei zu, wie er an dem verfluchten Rad drehte. Dabei schaute er trotzig ins Publikum und präsentierte den Hitlergruß. Das Publikum buhte ihn aus, unzählige Becher flogen in seine Richtung.

Doch Typen wie Landser lebten vom Hass. Der Hass des Publikums machte ihn stark und er stand mit stolzgeschwellter Brust da, als das Rad schon wieder am Pin-up-Girl hielt. Seltsam, es hatte den Anschein, als wäre die zweite Runde manipuliert worden. Ich hegte den Verdacht, dass der ehrliche Abe das Publikum und die Kandidaten verscheißerte.

Es war statistisch gesehen schon ziemlich unwahrscheinlich, dass schon wieder eine Lady drankam. Doch das Publikum beschwerte sich nicht. Und es war besonders grausam, was dem Pöbel dargeboten wurde.

Den Gaffern in der Arena der Perversitäten gefiel, was jetzt kam. Sie applaudierten, als Landsers tote Schwester herbeigezerrt wurde und Lincoln grinsend mit dem Zeigefinger seiner rechten Hand auf sie deutete.

*Nichts waschen und nichts verschwenden.*

Das Haar war noch mit meinem Sperma besudelt. Ihre abgefuckte Visage war nach hinten gedreht und glotzte mit heraushängender Zunge auf ihren Rücken. Landser schrie wie ein Tier und lief dabei im Kreis. Er ging wieder und wieder um die Leiche seiner Schwester herum. Dabei spielte er an seinem Schwanz.

Die Gewehrläufe folgten ihm. Was würde er tun? Das Publikum hielt kollektiv den Atem an. Es herrschte Totenstille im Saal.

Er blieb stehen, schrie noch einmal und boxte sich auf seine Brust. Der Schweiß spritzte bei jedem seiner Schläge in alle Richtungen davon. Sämtliche Adern zeichneten sich unter seiner tätowierten Haut ab. Er bückte sich, zog den leblosen Körper an den Haaren hoch, drückte ihre geschwollene Zunge mit der Eichel beiseite und schob seinen Schwanz tief in ihren toten Mund.

# 35

User *doggystyle356* zoomte mit dem Mausrad näher heran, schob sich die Nickelbrille hoch und starrte gebannt auf seinen Laptop. Fasziniert beobachtete er den verbissenen Gesichtsausdruck des Nazi-Spinners und ließ die Jogginghose runter auf seine Knöchel rutschen. Er zoomte näher auf Landsers muskulösen Arm, der die Leiche seiner Schwester an den Haaren gepackt hielt.

Auf der gespannten Haut starrte ihm ein Hitler-Portrait entgegen, dessen Gesicht mindestens so deformiert war wie das von Burts Tochter.

*Haben diese Leute denn nie Geld für ordentliche Tätowierungen?* User *doggystyle356* kicherte leise, griff in den Topf neben sich, nahm einen ordentlichen Batzen von dem rohen Hackfleisch und verteilte es großzügig auf seinem Schwanz und seinen Eiern. Fasziniert registrierte er die Wettquoten auf dem linken Bildschirmrand, dort explodierte Landsers Gewinnquote im Moment geradezu.

Die krallenartige Hand, die jetzt den Hinterkopf seiner Schwester umschloss, wurde von SS-Runen geschmückt. User *doggystyle356* nickte anerkennend. »Gut so, Kamerad!« Dabei stöhnte er leise auf, als sein deutscher Schäferhund ihm unter seinem Schreibtisch die Mettpaste von den Eiern leckte. Doch das lenkte ihn nicht vom Geschehen auf dem Bildschirm ab.

Das erkaltete Ejakulat unseres Helden Paul sickerte zähflüssig durch Landsers Finger. Die HD-Auflösung des Laptop-Bildschirms war grandios.

Die Kameraperspektive drehte sich etwas. Auf Landsers linker Pobacke war jetzt ein Kleeblatt zu erkennen. Es war ebenfalls mies tätowiert und jetzt in rhythmischer Bewegung, weil er seinen Schwanz immer wieder in den schlaffen Mund seiner Schwester schob. Sein Arschloch war mit verkrusteter Scheiße verschmiert.

*Zu nah dran!*

User *doggystyle356* zoomte etwas heraus und fing stattdessen das Gesicht der toten Frau ein. Ihre hässliche Visage war ein einziges blaues Fleckenmeer. Eines ihrer toten Augen stand starr offen und schielte genau in die Kamera. Ihre eitrigen Arme baumelten im Takt hin und her, schlenkerten zu den Stößen des strammen Schwanzes ihres Bruders über den Boden. Sägespäne klebten an ihren wulstigen Schamlippen, Blut sickerte dazwischen hervor. Die dürren Beine standen in einem unnatürlichen Winkel ab und wirkten, als hätte sie jemand verknotet.

User *doggystyle356* schrie plötzlich auf, als sein Hund einen kräftigen Happen nahm. Worauf seine Mutter den Raum betrat und gerade noch sah, wie ihr Sohn den Computer zuklappte und seinem Hund einen Tritt gab.

»Du kriegst zwei Wochen kein Taschengeld, du Tierquäler. Und jetzt ab ins Bett mit dir, du musst morgen in die Schule.«

# 36

Lincoln stand ein wenig abseits und verfolgte gebannt das Geschehen. Auch seine zwei bewaffneten Männer glotzten und hatten ihre Gewehrläufe gen Boden gerichtet, denn der Kandidat musste nicht mehr bedroht werden. Er tat das, was er tat, mit Leidenschaft und Vorsatz.

Und Lincoln erinnerte sich amüsiert daran, dass er der Moderator dieser kranken Show war. »Ja, unser Kandidat hier hat die Ehre, seine eigene Schwester zu ficken, die wohlgemerkt nicht mehr lebt. Ist das keinen Applaus wert?«

Das Publikum applaudierte. Abe nickte anerkennend.

»Ist das nicht Inzest?«, fragte er das Publikum mit dem Mikrofon in der Hand und grinste wie ein Dämon.

Landser schrie auf und starrte auf die Gaffer vor sich, ohne seine inzestuöse Tätigkeit zu unterbrechen.

»Verdammt, sie lutscht ihn doch nur! Die tote Schlampe hat ihn immer nur gelutscht! Ich zeige euch, was Inzest ist!«, fluchte er laut und ließ seine tote Schwester in den Dreck fallen, die langsam schon so steif war wie der Schwanz ihres Bruders.

Er zog die ausgemergelte Leiche an den Fußgelenken wieder hoch und rammte seinen Schwanz in ihre ausgeleierte Möse. Er hielt sie dabei wie eine Schubkarre. »*Das* ist Inzest, ihr verdammten Penner! Ich scheiß auf euch und besonders auf dich, Lincoln!«

Jetzt versenkte er seinen Schwanz in ihrem Arschloch. Packte sie an den Hüften und stieß zu. Hatte dabei den zweifelhaften Genuss, ihren fleckigen Rücken und gleichzeitig ihr totes Gesicht zu sehen. Es war kein schöner Anblick, wie die tote Schlampe bei jedem Stoß das Maul auf und zu machte und gelegentlich die geschwollene Zunge herausstreckte. Er boxte dabei auf ihren Rücken, als wollte er ihr Fleisch wieder geschmeidig klopfen. Ihr Körper bekam keine Zeit für eine Leichenstarre, so gepflegt wie er immer wieder durchgebumst wurde. Doch Landser wollte wohl langsam zum Abschluss kommen. Er rammelte das Schwesterlein jetzt energisch mit geschlossenen Augen. In seinem faschistoiden Kopfkino tanzte vermutlich Hitler in Strapsen umher, bis er irgendwann so abschoss, dass sogar ein paar Spritzer auf Lincolns ohnehin schon arg in Mitleidenschaft gezogener Hose landeten.

Ich saß in meinem Gefängnis und konnte nur tatenlos dabei zusehen, wie meine Chancen rasant in den Keller rauschten.

# 37

Chains erwachte mit bestialischen Schmerzen. An der Decke über ihm hing eine große OP-Lampe, die ihn blendete. Es waren acht Lampen auf einem glänzenden Hammerschlagmuster, die ihn anleuchteten wie ein Fleischstück auf dem Metzgertresen.

*Wieso bin ich in einem Krankenhaus?*, wunderte er sich. Er versuchte aufzustehen, doch er spürte, dass seine Hände an den Handgelenken fixiert waren. Sein Unterleib schmerzte bestialisch und er spürte einen Juckreiz an den Fußsohlen, der ihn fast in den Wahnsinn trieb.

»Was ist mit meinen Beinen los?«, hörte er seine eigene Stimme sprechen, die brüchig klang. Unter großen Anstrengungen hob er seinen Kopf und blickte an sich hinab. Sein Verstand schien gerade Urlaub zu machen, wahrscheinlich war dies die Nachwirkung einer Narkose. Doch das erklärte noch längst nicht, warum er auf einem beschissenen OP-Tisch lag. Sein Blick glitt über den gewölbten Bauch eines älteren Mannes, dahinter folgten zwei in weiße Verbände gewickelte Stümpfe.

*Die arme Sau hat keine Beine mehr*, dachte er und kicherte leise vor sich hin.

Er drehte den Kopf und sah eine alte verbeulte Blechwanne auf dem Boden stehen, darin lagen überkreuz zwei Beine.

*Er hat so schöne Beine.*

Das hatte das Krüppelmädchen gesagt.

*Aber die Beine da sehen auch schön aus.* Bis auf die hässlichen ausgefransten Querschnitte, die ein wenig an Rinderbeinscheiben mit dem Knochenauge in der Mitte erinnerten, waren diese Beine ein wirklich schöner Anblick.

*Ach, so schöne Beine hätte ich auch gern*, sinnierte Chains und schrie laut auf, als ihn die grausame Realität endlich einholte.

Burt und seine seltsam deformierte Tochter traten zu ihm.

»Was haben Sie mit mir gemacht?« Er beobachtete, wie das Mädchen mit einem Fußball spielte und ihn immer wieder von einer Hand in die andere wandern ließ.

»Meine Beine, fuck, nähen Sie meine Beine wieder an!«

»Tja, guter Mann, selbst wenn ich wollte, ich kann sie nur absägen, fürs Annähen ist meine Frau zuständig.«

Frauke nahm sich eins der Beine aus der Blechwanne und schob den Ball damit durch den Raum, als würde sie Hockey spielen.

»Ich brauche sie für unseren Tisch, das müssen Sie doch verstehen.«

Chains weinte. »Ich muss mich doch um meine Frau und meinen Sohn kümmern, ohne mich sind sie verloren.«

»Meine Frau ist auch weg, ich kann Sie ein wenig verstehen, sie ist seit Tagen verschwunden.«

Chains erinnerte sich an das Foto, das Familienfoto mit der Frau. »Ich weiß, wo Ihre Frau ist, Mister!«

Frauke ließ sein Bein krachend zu Boden fallen. »Du weißt, wo Mama ist?«

Auch Burt kam jetzt interessiert näher. »Wo haben Sie meine Frau gesehen?«

Chains witterte eine Chance, hier rauszukommen. »Wenn Sie schon meine Beine nicht mehr annähen können, bringen Sie mich wenigstens in die Nähe eines Krankenhauses, dann sage ich Ihnen, wo Ihre Frau ist. Ich weiß weder, wo ich bin, noch wer Sie sind, also gehen Sie keinerlei Risiko ein. Dann können Sie immer noch eins von den Arschlöchern, das Ihre Frau entführt hat, an ihren Scheiß-Tisch annähen. Doch an Ihrer Stelle würde ich schnell überlegen, denn die Leute, die sie entführt haben, verstehen keinen Spaß.«

Frauke starrte ihren Daddy flehend an. *Das Monstermädchen will seine Mama zurück.*

Burt nickte verständnisvoll. »Wir fahren hin, okay. Und wenn es stimmt, was Sie behaupten und ich sie finde, kommen Sie in ein Krankenhaus.«

Chains atmete auf. »Schwören Sie es! Beim Leben ihrer Tochter?«

»Beim Leben meiner Tochter. Ich schwöre es Ihnen, Mister«, sagte Burt und schob einen Rollstuhl heran.

Nachdem sie Chains unter großen Schmerzen in den Rollstuhl gehievt hatten, schnallten sie ihn darin fest und schoben ihn in den Transporter. Sie trugen sogar die Blechwanne zu ihm in den Wagen, wo aus einem Berg Eiswürfel, die sie vorsorglich hineingekippt hatten, seine Füße ragten.

*Die Nägel müssten auch mal wieder geschnitten werden,* sinnierte Chains und kicherte leise. Burt hatte ihm eine ordentliche Dosis Morphium verpasst.

Der Wagen fuhr ruckelnd los. »Wohin, Sir?«, wollte Burt wissen.

Chains löste seinen Blick von seinen abgetrennten Beinen, die aus den blutigen Eiswürfeln ragten. »Erst einmal dorthin, wo Sie mich aufgegabelt haben.«

# 38

»Nur noch wir zwei, du Fucker!«

Das waren die Worte, die mir Landser mit einem irren Blick entgegenwarf, als er wieder zu mir in den Raum gestoßen wurde. Er schnappte sich eine der Schnapsflaschen vom Tisch und nahm einen guten Schluck, während die Tür hinter ihm ins Schloss fiel.

Jetzt war ich allein mit dem Psychopathen, dessen Schwester ich zu Tode gefickt hatte. Ich setzte mich zu ihm an den Tisch. »Mann, das tut mir leid. Ich mache diese Scheiße ja nicht freiwillig, mein Alter hat mich gezwungen, hier mitzumachen. Tut mir echt leid, das mit deiner Schwester.«

Doch Landser winkte nur ab. »Sie war eh die größte Schlampe westlich des Mississippi. Drauf geschissen.«

Sollte es wirklich so einfach sein? Ich kille seine Schwester und er winkt nur ab? Das waren ja reizende Familienverhältnisse.

»Und was passiert jetzt?«, wollte ich von ihm wissen.

»Keine Ahnung. Wir saufen und morgen sehen wir weiter.«

»Was soll denn morgen noch kommen?«, dachte ich laut nach. »Was sollen wir denn noch ficken? Ich glaube nicht, dass die Wasserleiche zu toppen ist.«

Landser grinste. »Du hast die Wasserleiche gefickt, nicht ich.«

»Auch wieder wahr«, entgegnete ich und stieß mit ihm an.

»War sie wenigstens gut?«

»Hatte schon Bessere«, antwortete ich grinsend.

Er lachte und in meinem Übermut kam mir etwas über die Lippen, das ich besser hinuntergeschluckt hätte. »Aber auch schon Schlechtere. Deine Schwester zum Beispiel.«

Das Grinsen gefror ihm im Gesicht und er stand langsam auf. Meine beschissene freche Klappe würde mich eines Tages noch ins Grab bringen. Doch nicht heute, denn er lachte laut los und setzte sich wieder.

»Junge, du gefällst mir. Es ist mir eine Ehre, dass wir quasi Lochschwager sind.«

Ich atmete erleichtert auf.

Landser kratzte sich ausgiebig am Sack. »Der Nigger hat erzählt, dass wir morgen gegen die Kettensägen-Lady antreten müssen. Du drehst das verfickte Rad und bestimmst damit die Waffe. Wenn du 'ne Salatgurke erwischst, tja, dann musst du halt mit der Gurke antreten. Wenn du 'ne Brechstange erwischst, hast du 'ne reelle Chance. O Mann, wie gerne würde ich der Fotze den Schädel einschlagen«, erklärte er und gemeinsam betrachteten wir nachdenklich auf dem gerissenen Bildschirm, wie die Frau mit der Schweinemaske Landsers tote Schwester in Stücke schnitt.

Anscheinend lief gerade das After-Show-Programm. Sehr geschmackvoll und extrem blutig. Ein Wunder, dass in der Leiche der dürren Frau noch so viel Saft steckte.

Das Publikum erhob sich von seinen Plätzen und verließ lärmend die Halle.

# 39

Sarah entwickelte nach und nach ein meisterliches Geschick, einen nach dem anderen anzulocken, abzuschlachten, um die Schweine mit ihren Körpern zu füttern. Sie hockte grinsend im Schlamm und pfiff, wenn einer der schwarzgekleideten Männer vorbeikam. Drei von ihnen waren bereits auf den Trick reingefallen. *Neugier ist der Katze Tod.*

Sobald sich einer der Männer über das Geländer beugte und schaute, wer da pfiff, sprang eine schlammige Gestalt hoch und rammte ihm das Messer in den Leib. Noch ein kräftiger Ruck nach unten und die Därme ploppten aus der Bauchhöhle heraus und direkt hinein in den blutigen Schlamm.

Die Schweine fraßen ihr inzwischen aus der Hand, wenn sie ihnen Leckereien wie Leber und Herz hinhielt. Doch so langsam musste sie schauen, dass sie einen Ausgang aus dieser Halle fand, denn ihr Mann machte sich bestimmt schon Sorgen um sie. Sie beschloss daher, sich einmal die geschlossenen Türen genauer anzusehen. Einer der inzwischen zu Schweinefutter gewordenen Männer hatte einen Schlüsselbund an seinem Gürtel gehabt.

Sollte es so einfach sein? Eine Tür aufsperren und davongehen? Einfach diesen seltsamen Ort verlassen, ohne einen Blick zurückzuwerfen?

Aber erst einmal würde sie sich die Junkie-Schlampen vornehmen, denn der erste Schlüssel passte direkt.

»Barb, bringst du endlich wieder Stoff?«, war die Begrüßung, die ihr entgegenschallte.

Doch den zwei abgefuckten Schlampen fiel die Kinnlade herunter, als eine mit Scheiße beschmierte grinsende Gestalt in den Raum sprang und ihnen die letzten Zähne aus der Fresse schlug.

# 40

Kathy war eine Reisende gewesen, bevor sie in diesem Höllenloch angekommen war. Sie hatte regelmäßig am Bankett der Straße gestanden und den Daumen in die Höhe gestreckt. Hatte es genossen, wenn der Wind ihr Haar zerzauste und sie die wahre Freiheit spüren konnte. Das freie Leben auf der Straße gefiel ihr, sie wollte nicht als Heimchen am Herd enden.

Jeden Morgen an einem anderen Ort aufzuwachen, das war Leben pur. Damals hatte sie mit ihren knappen Hotpants und dem karierten Hemd, das sie unter ihren prallen Brüsten zusammengeknotet trug, nie lange am Wegesrand gestanden.

Ihr blondes kurzes Haar stand ihr gut und es war pflegeleicht. Darauf musste man achten, wenn man auf der Straße unterwegs war.  Die Trucker standen darauf, wie ihre Frisur beim Blowjob zwischen den fetten Schenkeln aussah, wenn ihr Kopf wie ein Kolben auf und nieder ging. Meist zerwühlten sie das goldene Haar mit ihren schwieligen Fingern oder drückten es so lange nieder, bis sie an den ungewaschenen Eiern fast erstickte.

Doch eines Tages hatte ein riesiger Wagen mit getönten Scheiben neben ihr gehalten. Sie hatte gelacht, als sich das Fenster senkte und dieser seltsame Typ mit einem kleinen Päckchen Stoff in der Hand gewedelt hatte. Der Typ in der Limousine hatte ihr einen Haufen Kohle angeboten – für drei Tage Schwänzelutschen.

Schlussendlich war sie durch das Heroin doch sesshaft geworden und machte diese Ochsentour jetzt bereits zum dritten Mal. Das Geld war schon längst in ihren Adern verschwunden.

Alle drei Monate wurde sie mit ein paar anderen Junkies in diesen Raum eingesperrt und die Freiheit der Straße gab es nur noch auf den Fahrten zwischen dem Puff und der Lotterie zu sehen. Doch sie hatte sich geschworen, dass dies das letzte Mal sein würde, denn das Heroin setzte ihr immer mehr zu und auf Dauer war das einfach kein Leben.

Sie träumte seit Kurzem von einer Farm, einem netten Mann und mindestens drei Kindern, mit denen sie glücklich werden wollte.

Fuck, wie sich alles verändert hatte! Solche Gedanken wären ihr früher im Traum nicht gekommen.

Ein Traum …, darin genoss sie auch jetzt wieder das perfekte Leben in einer heilen Welt. Eines ihrer Kinder, ein blonder Junge mit kurzen Haaren, lief auf sie zu und sie lächelte voller Stolz, als sie sich hinunterbeugte, um ihn in den Arm zu nehmen. Doch er schlug ihr ins Gesicht, immer wieder, bis sie entsetzt die Augen aufriss.

Die Schmerzen waren bestialisch und sie spuckte einen Zahn aus, während sie versuchte, ihre Benommenheit abzuschütteln. *Ich habe das nur geträumt.*

Diese verdammte Schlampe hatte sie ausgeknockt. Entsetzt starrte sie auf ihre Handgelenke, die mit Stoffstreifen an der Matratze fixiert waren. Eine schwarze

Gestalt, die aussah, als wäre sie der Hölle entsprungen, ragte über ihr auf und grinste sie an. Nur das Weiß ihrer Zähne und der Augen war zu erkennen.

Kathy schrie und wollte sich befreien, doch mit gefesselten Armen und Beinen war das kaum möglich.

»Erkennst du mich nicht mehr?«

Die schlammige Person kam näher und setzte die Spritze in ihrer Armbeuge an. Das Pieken der Nadel auf ihrer Haut ließ sie sofort erstarren. Kathy war so konditioniert, dass allein schon diese Stimulanz ihren Körper in freudiger Erregung Glückshormone ausschütten ließ.

Doch die Nadel wurde nur langsam auf ihrem vereiterten Arm auf und ab bewegt, wobei sie Schorfkrusten abriss und alte Wunden zum Bluten brachte.

»Na, wie geht es dir? Hättest du gern einen Schuss?«, wollte die schlammige Gestalt von ihr wissen.

Kathy nickte eifrig. »Ja, bitte, nachdem du mich freigelassen hast.«

Sie verrenkte sich den Hals, um zu sehen, was die schlammbeschmierte Person jetzt tat. Diese setzte sich im Schneidersitz neben sie und schnappte sich den alten Löffel. Nachdenklich betrachtete sie ihn im Licht der Neonröhren. »Ich werde dir diesen Gefallen tun, denn du hast mir ja denselben Gefallen erwiesen. Deine Freundin kommt auch noch dran.« Sie zeigte lässig hinter sich.

Kathy entdeckte dort Birgit, die am Heizkörper an der Wand hing, auch sie war gefesselt und hatte einen Knebel im Mund. Birgit starrte zu ihnen herüber und gab dumpfe Geräusche von sich.

Kathys Blick fiel wieder auf den Löffel, den die schlammbeschmierte Erscheinung jetzt an ihrer viel zu großen Hose abrieb und anerkennend auf die schmierige braunschwarze Brühe schaute.

Der Löffel war gut gefüllt, ein kleiner Berg aus Schweinescheiße und Blut ragte über den Metallrand nach oben.

»Du wolltest doch einen Schuss?«

Kathy erkannte, was die Frau vorhatte und schüttelte panisch den Kopf. Doch die Nadel der Spritze tauchte schon tief in die stinkende Brühe ein. Langsam wurde sie in den durchsichtigen Plastikbehälter gezogen. Sie spürte erneut ein Stechen, diesmal am Hals. Beim Gedanken daran, diese Brühe injiziert zu bekommen, wurde ihr übel. Doch die Nadel verschwand wieder von ihrem Hals, und als sie gerade aufatmen wollte, wurde die Nadel in ihr linkes Auge gerammt.

Ein Feuerball explodierte darin. Ein Wirbel aus Gelb und Rot, der von einem braunen Schleier verdrängt wurde. Gleichzeitig fühlte sie, wie der Druck in ihrem gemarterten Auge anstieg, als die dickflüssige Masse ihren Augapfel erst füllte und schließlich zum Platzen brachte. Sie plärrte los und spürte, wie etwas in ihren Mund geschoben wurde.

Der Knebel sorgte dafür, dass sie nur noch leise wimmern konnte. Und es ging weiter. An verschiedenen Stellen spürte sie, wie die kalte Brühe in Muskeln und Adern gedrückt wurde. Das zweite Auge wurde ebenfalls nicht verschont, doch das spürte sie kaum noch, weil ihr Herz bereits kollabierte.

Es wurde trübe in ihren Gedanken, doch da war ein Lichtblick: Sie sah wieder das goldene Haar des Jungen vor sich aufleuchten.

»Mein Kind«, flüsterte sie leise, »mein geliebter Sohn.« Sie sah das blonde Haar des Knaben und schwebte näher heran. Im diffusen Nebel konnte sie nur den Hinterkopf des Jungen erkennen und griff vorsichtig danach. Sie wollte es ein letztes Mal streicheln, das Haar des Sohnes, den sie in ihren Träumen so liebgewonnen und der ihre Mutterinstinkte geweckt hatte. Doch das Letzte, was sie sah, war das Gesicht ihres Jungen, der sie zwischen den behaarten Beinen eines Truckers angrinste. Dunkelheit senkte sich über ihre Gedanken.

# 41

Sarah ließ den Kopf der Junkie-Nutte los, die nach einer Überdosis Schweinescheiße qualvoll den Geist aufgegeben hatte. Jetzt war es an der Zeit, sich der anderen zu widmen, derjenigen, die mit verängstigtem Gesichtsausdruck auf ihre verstorbene Kollegin starrte.

»Soso, und du warst mal ein Pornostar? Du hältst dich wohl für was Besonders mit deinen Gummititten?«, fragte Sarah grinsend. Dabei ließ sie die Klinge des Messers immer wieder über die Brüste der Frau wandern, die unnatürlich vom mageren Brustkorb abstanden.

Sie stach beinahe zärtlich zu. Sanft fuhr die scharfe Klinge durch die Haut in das Silikonpolster. Blut sickerte über den eingefallenen Bauch, der von ihrem panischen Atem zuckend auf und ab bewegt wurde. Sarah schnitt rund um das gummiartige Polster herum, ohne das Wimmern der Frau zu beachten. Als sie wieder am Ausgangspunkt angekommen war, ließ sie das Messer fallen und biss in die Brustwarze, die kurioserweise erregt abstand.

Sie biss die Zähne fest zusammen und zerrte erneut daran. Mit einem lauten Schmatzen löste sich die Brust vom Körper und das blutverschmierte Polster klatschte auf den Boden. Dann war das andere dran.

Jetzt saß die ehemalige Pornodarstellerin an den Heizkörper gefesselt da und musste blutend mit ansehen, wie Sarah ihre Brüste nebeneinander auf dem Boden ablegte.

Sie schnitt in die erste Brustwarze und zerteilte den Nippel, halbierte das erste kleine Fleischzelt, dann das andere. Das scharfe Messer glitt wie Butter durch das Gewebe der Brustwarzen hindurch. Sorgfältig zerschnitt sie es in immer kleinere Stücke. Die ehemalige Besitzerin musste tatenlos mit ansehen, wie Sarah jetzt ein blutiges Viereck aufnahm und den Knebel entfernte.

»So, damit du mal was auf die Rippen bekommst.«

Als sie den Mund öffnete, um zu schreien, schob Sarah das Stück Titte hinein und hielt ihr den Mund zu.

Sie musste schlucken und spüren, wie das Fleischstück widerwillig ihre Speiseröhre hinunterrutschte. Und wieder bekam sie ein Stück in Mund geschoben.

Während die ehemalige Pornodarstellerin wimmernd dasaß und den Geschmack ihrer eigenen Brüste im Mund hatte, zerteilte Sarah lächelnd die Silikonpolster in mundgerechte Happen.

# 42

Lincoln zupfte sich den Bart vom Gesicht und danach den Rest seiner Maskerade. Darunter kam ein recht unscheinbarer Mann zum Vorschein, mit Stirnglatze und pausbackigem Gesicht. Er stand vor einem Schminkspiegel und betrachtete sich selbstkritisch darin.

Barb saß daneben und rubbelte sich mit einem alten Handtuch die Haare trocken.

»Gute Show heute, Dave«, gratulierte sie ihm zu seinem Erfolg.

»Ja, die Show war gut, nur frage ich mich, wo unsere Leute hin sind. Außer den zwei Männern vorn ist keine Sau mehr da. Und *Zuckertittchen* ist auch noch nicht wieder aufgetaucht.«

»Das Personal ist auch nicht mehr das, was es mal war«, antwortete Barb kichernd.

Dave nickte zustimmend. »Mit der Kohle, die wir im Netz verdient haben, könnten wir uns auch jetzt schon einfach verpissen.«

Er klopfte auf den schwarzen Koffer neben sich. »Da sind die Hunderttausend von Chains drin, die Eintrittsgelder der letzten zwei Tage und die Kontodaten der Wettgelder. Das dürfte reichen, um uns beiden ein schönes Leben zu ermöglichen. Ich denke, wir machen uns einfach aus dem Staub. Wir scheißen auf den dritten Tag und die Lotterienummer. Kümmerst du dich um das verbliebene Personal, Barb?«

»Säge oder Messer?«

»Was dir lieber ist, Babe.«

»Ich werde mal schauen, was meine Kreativität mir zuflüstert, wenn es denn so weit ist.«

Dave zerrte sich angewidert die stinkende Hose seines Kostümes vom Leib und lachte. »O Mann, die beiden tun mir jetzt schon leid.«

Sie stand auf, rückte ihren Busen zurecht und schob sich ein Messer in den Gürtel. Vor der Tür standen die beiden verbliebenen Männer und bewachten den leeren Flur. Mit ihren Skimasken waren sie nicht voneinander zu unterscheiden.

»Jungs, ihr könnt die Masken jetzt ausziehen, wir haben Feierabend«, sagte Barb.

Sie lachte schallend, als sie sah, wer unter den Masken steckte, denn die Situation war immer noch dieselbe.

»Zwillinge, und auch noch so hübsche. Liefert eure Knarren bei Dave ab, dann gehen wir ein bisschen ficken. Ihr habt doch nichts gegen einen Dreier mit mir einzuwenden, oder?«

Die beiden verschwanden in Rekordzeit und tauchten waffenlos wieder auf. Barb hätte das jetzt schnell erledigen können, doch sie war immer noch ein wenig geil vom Töten. Ein kleiner Fick mit diesen beiden gutaussehenden blonden Burschen war jetzt genau das, was sie brauchte. *Dave kann warten*, dachte sie und griff den beiden synchron in den Schritt.

Der Aufenthaltsraum der Wachmannschaft war perfekt für ihre Zwecke. Wenn sie mit den beiden Losern fertig war, konnte sie die zwei auch gleich erledigen.

Sie schloss die Tür auf. In dem Raum dahinter lagen mehrere Matratzen auf dem Boden.

»Ihr habt doch Bock, mich zu ficken?«, vergewisserte sie sich lächelnd und ließ sich auf eine der Matratzen fallen. Die beiden nickten stumm. Die Geilheit stand ihnen ins Gesicht geschrieben, als sie sich aus ihren Klamotten schälten. Auch Barb pellte sich aus ihrem Lederoutfit.

Unauffällig verbarg sie das Messer darunter. Die Zwillinge standen jetzt nackt vor ihr und zielten mit ihren recht beachtlichen Schwänzen auf sie. Sie kroch auf die beiden zu und blies ihnen abwechselnd einen, während sie dabei dem jeweils anderen die Eier massierte.

»Wenn mich jetzt mal jemand von euch zwei Hübschen ficken könnte?«

Einer setzte sich hinter sie, packte ihre Hinterbacken und tauchte mit seinem Gesicht dazwischen ein. Barb stöhnte angenehm überrascht auf. Sie ließ sich von den beiden nach allen Regeln der Kunst verwöhnen. Dabei achtete sie stets darauf, immer eine Hand in der Nähe ihrer Waffen zu haben.

Als sie zum dritten Mal gekommen war, griff sie sich ihr Messer und mit einem geschickten Schnitt durchtrennte sie die Kehle des Mannes, dessen Schwanz sie lutschte. Amüsiert stellte sie fest, dass er im selben Moment in ihrem Mund kam. Während sie seine Ladung schluckte, spürte sie den warmen Regen aus seinem Hals auf sich herunterprasseln.

Sein Bruder hatte wohl die Augen geschlossen. Er bearbeitete immer noch ihren Arsch und stieß weiter zu. Sie suchte den Blick des Mannes, der jetzt an seinem eigenen Blut erstickte und dabei erstaunlich wenig Geräusche von sich gab.

Es war ein geiler Anblick, wie sein Blut über seinen muskulösen Brustkorb spritzte und sie spürte, wie ein weiterer Orgasmus in ihrem Unterleib explodierte. Der Bruder hatte inzwischen wohl die Augen geöffnet, denn er schrie lauthals, während er weiter zustieß und in ihrem Arsch kam. *Perfektes Timing.*

Sie drehte sich um und schlitzte auch ihm den Hals auf. Beide Körper brachen zusammen, und während ihre Herzen immer noch Blut auf sie pumpten, massierte sie sich noch ein wenig die Möse.

# 43

»Was ein geiler Anblick«, stellte Dave fest, als er den Raum betrat.

»Fuck, das ist so was von gut für meine Haut«, sagte Barb grinsend und räkelte sich auf den Matratzen, während das Blut aus den beiden Kehlen fontänenartig auf ihre schneeweißen Titten regnete. Sie konnte gar nicht genug kriegen von dem roten Saft und hörte nicht auf zu masturbieren, bis die armen Trottel komplett ausgeblutet waren.

Dave wollte gerade seine Hose öffnen, um ein wenig mitzumachen bei diesem Spielchen, da gab es einen lauten Knall.

»Was war das denn?« Er stürzte in den Flur und hörte in der Nähe der Bühne einen Automotor laufen. Vorsichtig lugte er hinter dem schwarzen Vorhang hervor und entdeckte einen Transporter, der offensichtlich durch die Hallenwand gebrochen war. Er wirkte etwas fehl am Platz, wie er da so mitten im Raum stand.

*Was ist denn jetzt los, wer ist das?*

Da spürte er schon die Knarre an seinem Kopf. Hinter dem Wagen kam eine Gestalt in einem Rollstuhl zeternd auf ihn zu. Geschoben wurde er von einem unglaublich hässlichen Mädchen mit einem fast dreieckigen Kopf.

»Chains? Fuck, was ist mit Ihren Beinen passiert?«, fragte Dave verwundert.

»Wo ist meine Frau?«, brüllte ihm jemand ins Ohr.

Dave hob die Hände. »Jetzt mal alle ganz ruhig, ich weiß gar nicht, von wem Sie reden.«

Er spürte den kalten Stahl der großkalibrigen Waffe an seiner Schläfe und roch den Schweiß des Mannes neben sich.

»Ich weiß nicht, wer Ihre Frau ist, Mister«, sagte er in einem Tonfall, den er für beruhigend hielt.

Chains konnte sich nicht länger zurückhalten. »Die Frau mit den dicken Titten, die meinem Sohn die Scheiße von der Stange gelutscht hat!«

»Was soll sie getan haben?«, brüllte der Mann neben Daves Ohr und zielte plötzlich auf Chains im Rollstuhl.

Dave nutzte die Gelegenheit, um hinter dem Vorhang zu verschwinden, während Burt auf Chains losging. Irritiert zielte er jetzt auf ihn.

»Daddy, der Mann haut ab.« Frauke zog ihrem Vater am Hemd.

Chains rollte zum Vorhang. »Das habe ich gesehen. Die Frau auf dem Bild bei Ihnen an der Wand hat meinem Sohn die Scheiße vom Schwanz gelutscht. Das haben alle gesehen! Fuck, das wurde sogar ins Internet übertragen!«

Er bemerkte nicht, dass diese höchst delikate Nachricht Burt vor Wut beinahe platzen ließ.

Chains war noch nie ein besonders feinfühliger Mann gewesen und die aktuellen Erlebnisse hatten ihm vermutlich den letzten Rest seines Verstandes geraubt.

Frauke flehte ihren Vater an. Dieser wusste nicht recht, wen er jetzt bedrohen sollte, geschweige denn, wo seine Frau war.

# 44

Sarah lief durch den Flur, wo sich Tür an Tür reihte. An einer davon entdeckte sie ein Schild auf dem ›Backstage‹ stand und schloss diese auf. Zwei Männer saßen darin an einem Tisch und alle beide starrten sie verwundert an.

»Wie wäre es, wenn wir uns von hier verpissen?«, fragte sie grinsend.

Paul stand auf und ging vorsichtig auf sie zu. *Würde sie mir verzeihen können, was ich ihr angetan habe, antun musste?*

Dabei starrte er misstrauisch auf das Messer in ihrer Hand. »Ich bin dabei.«

Landser schlug laut fluchend auf den Tisch. »Ich will das Geld gewinnen, hau du nur ab. So werde ich automatisch zum Sieger.« Er warf eine leere Flasche gegen den gesprungenen Bildschirm an der Wand, den kurz darauf ein riesiges Loch zierte und der jetzt vollkommen hinüber war.

Sarah schüttelte verwundert den Kopf über so viel Dummheit und machte Paul Platz, der sich an ihr vorbeidrängte.

»Dann bleib eben da, du Trottel«, sagte sie und folgte Paul, der sie im Flur ratlos anstarrte. »Wie kommen wir hier raus?«

Sarah wedelte mit dem Schlüsselbund. »Wir müssen nur die richtige Tür finden.«

Links von ihnen stand eine Tür offen, darin leuchteten an einem großen Garderobenspiegel mehrere Lampen. Davor stand ein einsamer Metallkoffer. Sarah ließ die Verschlüsse aufschnappen und öffnete ihn. Beiden verschlug es den Atem, als sie sahen, wieviel Geld in dem Koffer war.

»Ich schätze, wir haben den Hauptgewinn gefunden«, sagte sie grinsend.

# 45

Ich nahm den Koffer und weiter ging es. Doch Sarah erkannte eine Tür wieder und sperrte auch diese auf.

»Hier haben sie mich in einer Kiste gelagert, diese Bastarde«, stellte sie hasserfüllt fest.

Ich nickte ihr zu. »Hier stinkt es bestialisch.«

Die Quelle des Gestanks war eine Bahre, auf der eine Leiche lag, die sich in einem schrecklichen Zustand befand. Ich erkannte meine sexuelle Begegnung vom Vortag wieder. Langsam ging ich darauf zu und mir schossen Tränen in die Augen, als ich daran dachte, wozu diese Bestien mich gezwungen hatten.

*Dafür würde jemand büßen müssen.*

Dann hörte ich diese Stimme – welch perfektes Timing.

»Das ist mein Koffer, den Sie da in der Hand halten, Mister Chains.« Plötzlich stand er in der Tür, der Mann, der mich gezwungen hatte, das Unmögliche zu tun. Jetzt zwar ohne Verkleidung, doch diese Stimme hätte ich unter Millionen Stimmen wiedererkannt. Er lehnte lässig am Türrahmen und zielte mit einem Revolver auf mich.

»Können Sie nicht genug bekommen von Ihrer kleinen Freundin da? Sind Sie ausgebüxt, nur um Ihren kümmerlichen Schwanz wieder in diese Leiche zu stecken?« Er kam langsam auf mich zu.

# 46

Sarah kam hinter der Tür hervorgeschlichen und krallte sich Daves albernen kleinen Zopf im Nacken. Mit einem kräftigen Ruck riss sie seinen Kopf daran nach hinten. Ihr Messer setzte sie mit beachtlicher Präzision an seiner Luftröhre an.

»So sieht man sich wieder, du dreckiger Bastard! Lass die Pistole fallen, sonst schlitze ich dir die Kehle auf!«

Fluchend ließ Dave die Pistole fallen. Scheppernd krachte sie auf den dreckigen Fliesenboden.

»Ich habe eine Idee, wie wir dem guten Mann hier etwas Spaß bereiten können«, sagte sie grinsend.

Ich blickte sie fragend an, während ich die Pistole aufhob und damit auf den Moderator dieser kranken Show zielte.

»Du schiebst die Bahre, los vorwärts«, kommandierte sie Dave, der sie verwundert ansah.

Auch ich verstand nicht auf Anhieb, was sie mit der stinkenden Toten vorhatte. Dave griff die verchromten Stangen und schob die Bahre, während wieder einmal ein widerlich stinkender Leichenfurz zwischen den Beinen der Toten hervorknatterte.

»Wohin jetzt?«, fragte er würgend.

Wir hielten etwas Abstand wegen des bestialischen Gestanks, der sich um die verfaulte Frau ausbreitete.

»Sollen wir nicht lieber abhauen? Wir jagen dem Drecksack vorher einfach schnell ’ne Kugel in den Kopf und los geht’s«, schlug ich vor.

Dafür, dass ich eigentlich Pfarrer werden wollte, hatte ich in den letzten Tagen eine beachtliche Kaltschnäuzigkeit entwickelt.

»Nein, das wäre viel zu einfach, durchsuch mal seine Taschen.«

Ich tat, was sie sagte, denn insgeheim war ich froh, dass sie mich nicht als Feind betrachtete. In seinen Hosentaschen fand ich nichts außer einer Packung Viagra.

»Wusste ich es doch. So ein alter geiler Bock wie du, der hat immer einen Vorrat in der Tasche«, sagte sie lachend.

»Und jetzt schön die Pillen schlucken!«, befahl sie und ich ahnte langsam, wohin die Reise führen sollte.

# 47

Es gab ein großes Wiedersehen im Vorraum der Halle. Mein Vater hatte innerhalb eines Tages seine Beine eingebüßt. Er grinste mich nur blöde an und rief immer wieder: »Mein Sohn, mein geliebter Sohn.«

*Willst du mich verarschen, du Bastard?*

Ich ignorierte ihn.

Sarah stellte mir ihren Mann vor, der mich etwas befremdlich ansah. Ich wiederum schaute ihre Tochter schief an, die extrem deformiert war.

Meinen alten Herrn, der vor dem schwarzen Vorhang auf und ab rollte, beachtete ich nicht, obwohl er ununterbrochen »Mein Sohn, mein Sohn, du lebst!« murmelte.

Ich zielte abwechselnd auf Dave und ihn. Was sollte ich mit diesem Irren bloß tun? Er war zwar mein Vater, doch hatte er mich skrupellos bei dieser Scheiße angemeldet. Er hatte seine Strafe bekommen, denn seine Beine waren – warum auch immer – weg. Just in dem Augenblick, als ich gerade meinen Frieden mit ihm machte, erklang das Geräusch einer Kettensäge. Ich hätte ihn wahrscheinlich in einer Klapsmühle abgeliefert und ihn entmündigen lassen, doch Barb hatte etwas anderes mit ihm vor. Sie sprang hinter dem Vorhang hervor und schwang die Säge.

Diese verdammte Wahnsinnige versenkte das Sägeblatt in seiner linken Schulter und trennte seinen Arm ab.

Fasziniert starrten wir auf das Gemetzel. Jetzt war der andere Arm dran. Mein brüllender Vater saß angeschnallt in dem Rollstuhl, während das Blut aus beiden Stümpfen spritzte.

Sarah schoss Barb, die sich nun mit erhobener Kettensäge auf sie stürzen wollte, in den Bauch. Sie brach zusammen und fiel mit dem Gesicht voran auf die Säge. Ihr Kopf ruckte auf und nieder, während sich das Kettenblatt in ihr Gesicht fräste und eine lange Blutfontäne auf den Bodenbelag spritzte.

Jetzt war Dave an der Reihe.

Sarah übernahm die Regie. »Nehmt bitte Platz«, wies sie uns an und zeigte dabei auf die vorderste Stuhlreihe. Burt schaute zwar zunächst irritiert, doch er stiefelte auf die Stühle zu. Frauke schnappte sich den Rollstuhl meines Vaters und schob ihn hinterher. Dieser schrie immer noch und starrte dabei entsetzt auf die riesigen Wunden an seinen Schultern. Er drehte den Oberkörper hin und her und sah dabei aus wie ein menschlicher Rasensprenger.

Es war ein Wunder, dass er noch lebte.

Sarah schob Dave zum Glücksrad, das immer noch unversehrt dastand. Die Motive vom Vortag waren verschwunden, die Bilder in meinem Kopf leider noch nicht.

Sarah drückte einen Schalter auf der Rückseite des massiven Ständers des Rades und die Beleuchtung blendete uns für einen Moment. Sie hatte sogar Daves Mikrofon entdeckt, und nach einem kurzen Pfeifkonzert aus den Boxen erklang ihre Stimme: »Herzlich willkommen zu unserem kleinen Spiel. Unser einziger Kandidat heute ist … wie heißt du überhaupt?«

»Dave«, knurrte der Angesprochene ins Mikrofon.

»Aha, Dave. So, dann zieh dich mal aus.«

Frauke klatschte in die Hände und skandierte immer wieder: »Ausziehen! Ausziehen!«

Nachdem ich mich auf die Suche nach einem Verbandskasten gemacht hatte und schließlich im Kleintransporter fündig geworden war, versuchte ich die riesigen Wunden meines Vaters zu verbinden. Doch dieser zuckte nur noch ein einziges Mal. »Mein Sohn, ich bin so stolz auf dich!«, flüsterte er und hörte schließlich auf zu atmen.

*Stolz worauf, Vater? Darauf, dass ich ein Schwein gefickt habe? Stolz darauf, dass ich es einer verfaulten Wasserleiche besorgt habe? Dass ich es dir besorgt habe? Du verdammter irrer Bastard!*

# 48

Dave schwitzte. Ja, er schwitzte wirklich wie ein Schwein. Diese Tussi mit den dicken Titten hatte tatsächlich den Spieß umgedreht, jetzt stand er im Rampenlicht und sie zielte mit der Waffe auf ihn.

Widerwillig zog er sich aus.

Sein Herz raste von der gewaltigen Dosis Viagra, die er hatte schlucken müssen. Als er die Hose fallen ließ, kamen alle in den Genuss, auch diese Reaktion auf das Medikament zu sehen.

Sein kümmerlicher Schwanz ragte nur ein kurzes Stück unter seinem Altmännerbauch hervor. Er hörte das Mutantenmädchen kichern.

Diese verdammte Tussi, die alles versaut hatte, schoss ihm in den Fuß.

»So, damit haben wir hoffentlich deine ungeteilte Aufmerksamkeit, Dave«, sprach sie lachend ins Mikrofon, während er sich auf dem Boden zusammenkauerte.

»Aufstehen!« Er spürte einen heftigen Tritt in seinen Arsch. Widerwillig erhob er sich, sein Fuß schmerzte bestialisch.

»Burt, kannst du mir als Assistent zur Seite stehen?«

Der riesige Cowboy zielte jetzt mit seinem Revolver auf Dave. Seine Frau packte ihn am Ohr. Er spürte einen noch viel größeren Schmerz, als sie ihm das Ohr mit dem Messer abtrennte.

Sie schnappte sich einen bereitliegenden Hammer und nagelte das Ohr an eins der blauen Felder des Rades. Sie zerrte seine Hand von der blutigen Wunde am Kopf weg und trennte ihm den Zeigefinger ab. Auch diesen nagelte sie an die Drehscheibe, diesmal auf ein grünes Feld.

Dann war seine Nase an der Reihe. Sie musste lange schneiden, um das knorpelige Stück Fleisch aus seinem Gesicht zu trennen, denn das Messer war nicht mehr sonderlich scharf. Auch die Nase fand ihren Platz, in einem gelben Dreieck wurde sie mit einem weiteren Nagel festgepinnt.

Daves Schreie konkurrierten mit dem lauten Applaus des deformierten Mädchens. »So, und jetzt dreh das Rad!«, befahl Sarah.

Als Dave nicht reagierte und nur verzweifelt in die Runde sah, während Blut aus dem Loch in seinem Gesicht sickerte, griff Sarah sich das andere Ohr.

»Soll ich das auch noch abschneiden?«

Dave schüttelte verzweifelt den Kopf und weinte wie ein kleines Kind.

»Dann dreh endlich an dem verdammten Rad!«

Dave stolperte mit schmerzverzerrtem Gesicht auf das Rad zu und gab ihm einen Stoß, bis es sich drehte.

»So, Dave, wollen wir mal sehen, was dein Gewinn ist. Du hast die Wahl, entweder fickst du unsere tote Freundin hier oder du isst den Körperteil von ihr, den du gewinnst. Ich denke, drei Runden sind mehr als fair. Wenn du die überstehst, kannst du gehen«, erklärte ihm Sarah die neuen Spielregeln.

Dave starrte auf die Wasserleiche, die inzwischen etwas Flüssigkeit eingebüßt hatte. Die Haut erinnerte an eine alte Weintraube und hatte zwischenzeitlich etwas Schimmel angesetzt. Ein blauschwarzer Flaum bedeckte Teile ihres Körpers und es entwichen Gase, die immer wieder Schwaden stechenden Gestankes zu ihm herüberwehten.

*Von diesem faulen Fleisch sollte er essen?*

Dave hatte einen stabilen Magen entwickelt, denn schließlich hatte er als Moderator dieser bizarren Unterhaltungsshow schon einiges gesehen und gerochen. Doch jetzt schoss ihm sein Mageninhalt über die Lippen und aus dem ausgefransten Loch, wo sich noch vor Kurzem seine Nase befunden hatte.

*Klack, klack, klack* … Stopp.

Er starrte auf seine ehemalige Nase. Sein Blut hatte sich durch die Rotation quer über das ganze Rad verteilt.

Sarah ging auf die Leiche zu, während sie tief Luft holte. Dann schnitt sie die Nase aus dem verwesten Gesicht.

»Guten Appetit«, wünschte sie ihm lächelnd und hielt ihm das verweste Fleischstück mit spitzen Fingern entgegen. »Oder gelüstet es dich nach einem kleinen Fick? Das neue Loch bietet sich doch an.«

Er starrte auf die verweste Nase in ihrer Hand. Fassungslos betrachtete er die Leiche, aus deren Gesicht graue Brühe sickerte. Er konnte es immer noch nicht fassen, dass er jetzt der Star seiner eigenen Show war.

Langsam öffnete er seinen Mund und Sarah ließ die faulige Nase lächelnd hineinfallen. Er atmete panisch ein und aus, und als er das kleine Stück auf seiner Zunge spürte, musste er spucken. Die vergammelte Nase flutschte in hohem Bogen heraus und das bescheidene Publikum buhte.

»Wo ist es hin? Du hast eine Minute, um es zu finden, sonst fickst du die Leiche.« Sarah duldete diesen Fauxpas nicht.

Dave ließ sich auf die Knie nieder und suchte in den verklumpten Sägespänen danach. Er tastete in Sperma, Scheiße und Blut umher, doch das Stück Nase fand er nicht.

Sarah stellte unauffällig ihren Fuß darauf ab. »So, die Minute ist vorüber. Wie war das noch? Rein mit dem Stock!«

Dave starrte weinerlich auf die Leiche. »Ich will das aber nicht.«

# 49

User *Ludgar31* hatte oft mit Schlafproblemen zu kämpfen, seit er letzten Winter in die Dachwohnung umgezogen war. In dieser schwülen Sommernacht war es wieder so weit. An Schlaf war einfach nicht zu denken.

Er stand von seinem verschwitzten Nachtlager auf und setzte sich vor den Computer. User *Ludgar31* war ein Gasmaskenfreak. Er setzte seine modifizierte Maske auf. Die Luftfilter hatte er entfernt und stattdessen geriffelte, dicke schwarze Schläuche links und rechts angebracht. Er verband die Schläuche mit den Stutzen an seiner Latexhose und atmete den Geruch des Gummis ein. Gleichzeitig war die Hose ein Auffangbehälter für seine Ausscheidungen. Er trug sie manchmal tagelang, ohne sie zu reinigen.

Sein Atem ging schneller, als er den ersten Hauch seiner Exkremente inhalierte. Für User *Ludgar31* gab es nichts Schöneres, als sein eigenes Aroma einzuatmen. Er klickte sich durch mehrere Fetischseiten, bis ihm auffiel, dass er das Browserfenster von heute Mittag nicht geschlossen hatte.

Das Standbild, das eine blonde Lady mit Schweinemaske und Kettensäge gezeigt hatte, war verschwunden. Dafür empfing ihn ein überraschendes Szenario. Ein Szenario, das er so nicht erwartet hatte: Ein kahlköpfiger nackter Mann ging auf eine Leiche zu. *Wer war der*

*Mann?* Auf jeden Fall keiner der Favoriten, die bisher überlebt hatten.

User *Ludgar31* wunderte sich nur einen Moment lang, dass die Show jetzt schon weiterging, er drückte noch etwas Kot nach und stöhnte erregt auf, als es in seiner Nase brannte. Durch die beschlagenen Gläser seiner Maske beobachtete er, wie der Mann seinen Schwanz massierte und sein Glied heulend in das schleimige Loch steckte, wo die blauschwarz glänzende Leiche wohl einmal ihre Nase gehabt hatte.

# 50

»Na also, geht doch«, kommentierte Sarah und applaudierte gönnerhaft, als Dave weinend über der Leiche abspritzte. Sie schoss ihm erneut in den Fuß, um seine ungeteilte Aufmerksamkeit zu haben.

»Nur nicht schlappmachen, dreh an dem Rad!«

Er humpelte auf das Rad zu, drehte daran und brach zusammen. Wie ein Baby lag er da, weinte und hielt sich den blutenden Fuß. Wo war er hin, der souveräne Moderator? Er war nur noch ein Häufchen Elend, das sich auf dem Boden wälzte. Und über ihm kam das Rad wieder zum Stehen. Ein blaues Feld, jetzt war das Ohr dran.

Sarah zerrte Dave an seinem verbliebenen Ohr hoch und stieß ihn zu der Leiche. Sie zog nur ganz sacht an einem der fauligen Ohren und es riss sofort ab. In ihren grazilen Fingern wackelte das Stück Fleisch wie Pudding hin und her und Sarah lächelte Dave freundlich zu.

»Na, sieht das nicht lecker aus?«

Sein kümmerlicher Schwanz hing traurig herab und so blieb ihm nur die Möglichkeit, das Ohr zu essen, wollte er diese Runde überleben.

Doch das kleine Ding in Sarahs Hand sah alles andere als appetitlich aus.

# 51

User *Greenfly34* saß mit seiner Mutter vor dem Fernseher und zappte gelangweilt durch die Programme.

»Es kommt absolut nichts heute Nacht«, fluchte er und trank einen Schluck aus der Bettflasche, die mit ihrem schalen Urin gefüllt war. »Nicht wahr, Mutter?«

Erwartungsvoll sah er seine Mutter an, doch sie antwortete ihm nicht. Ihre rissige Unterlippe zitterte ein wenig und ein Speicheltropfen suchte sich langsam seinen Weg über die faltige Haut ihres Kinns. Er küsste sie mit seinen pissebenetzten Lippen zärtlich auf den Mund.

Ihre Augen waren seit dem dritten Schlaganfall glasig und zeigten keine menschliche Regung mehr, genau wie ihr Gesicht, das zu einer immerwährenden Fratze verzerrt war.

Das Flackern des Fernsehbildes zauberte stetig neue Schatten in ihre unterernährten Gesichtszüge, die er liebevoll mit seiner linken Hand streichelte. In seiner rechten hielt er die lange schmale Fernbedienung. Er strich zärtlich mit dem schwarzen Plastik an der Innenseite ihres nackten Oberschenkels entlang und drängte die Fernbedienung bestimmend in ihre trockene Vagina. Die wehrlose Frau stöhnte leise, als das kantige Gerät fast gänzlich in ihr steckte.

Das Fernsehbild wechselte.

*Hat sie mit ihrer Möse umgeschaltet?* fragte sich User *Greenfly34* fasziniert. Die langweilige Verkaufssendung hatte einem anderen Bild Platz gemacht. Er zog die Fernbedienung mit einem lauten Schmatzen heraus, ließ sie angewidert fallen und beachtete seine Mutter nicht mehr.

In den glasigen Augen der Frau zeigte sich tatsächlich eine Regung. Erleichterung zog wie ein kurzer Hauch über ihre Gesichtszüge.

»Wie, geht die Show schon weiter?«, fragte sich User *Greenfly34* und starrte auf das gestochen scharfe Bild eines Mannes, der mit einem schleimigen Ohr gefüttert wurde, es immer wieder ausspuckte und weinend zusammenbrach.

# 52

»Friss das Ohr!«, zwang ihn Sarah und schob es wieder zwischen seine Lippen. Sie schob und drückte, doch Dave biss die Zähne zusammen und leistete energisch Widerstand. Sie kniete vor ihm nieder und trennte mit dem Messer seine Lippen ab.

Paul war inzwischen dazugekommen und hielt Dave an den Armen fest. Sarahs Mann saß auf einem der Stühle und jubelte ihr zu. Neben ihm saß ihre Tochter und streichelte gedankenverloren das abgetrennte Bein von Pauls Vater, während sie am saftigen Fleischrand nagte.

Anders als Dave, der wollte einfach den Mund nicht mehr öffnen. Wahrscheinlich spekulierte er auf eine gnädige Kugel, aber Sarah war hartnäckig in ihrer Wut. Sie zertrümmerte ihm mit dem Griff des Messers die Zähne. Das splitternde Geräusch hallte laut durch den Raum und ließ das spärliche Publikum mit jedem neuerlichen Schlag zusammenzucken.

Paul zerrte ihn hoch und Sarah stopfte ihm das faulige Ohr in die Visage. Der Finger, den sie der Wasserleiche abschnitt, rutschte danach fast schon wie von selbst in seinen Mund.

Irgendwie geriet das Lotterie-Rad in Vergessenheit, oder Sarah war in einen Blutrausch verfallen. Schließlich hatte Dave doch alle drei Prüfungen bestanden, wenn auch mit etwas Hilfe.

# 53

User *Doom78* setze sich mit einem Teller Spaghetti vor den Bildschirm, öffnete den Browser, und als er die Gabel zum Mund führte, erblickte er eine tobende schmutzige Frau, die mit einem Messer den Bauchraum einer Frauenleiche öffnete. Er beobachtete, wie sie in den verfaulten Därmen wühlte. Und während User *Doom78* sich über seinen Spaghetti erbrach, zerrte sie die Darmschlingen heraus und würgte einen Mann damit, der keine Nase und kein Ohr besaß.

Doch das Gewebe der Därme riss unter der Belastung. Die Frau ging wieder zu der Leiche und ballte ihre rechte Hand zur Faust. Mit einem lauten Schmatzen verschwand diese in der schleimigen Möse der Frauenleiche. Die blonde Frau wühlte mit verbissenem Gesichtsausdruck darin herum, bis ein Lächeln auf ihrem mit Scheiße beschmierten Gesicht erschien. Sie zog den Arm mit einem lauten *FUUUUMP!* wieder heraus und sagte: »Ich wusste es, eine Frau spürt so etwas einfach.« Triumphierend hielt sie die verrottete Leiche eines Babys in die Höhe. Schleimige Brühe tropfte von dem toten Körper herab.

# 54

User *Doom78* stöhnte erregt auf – endlich wurde es interessant. Er löste die Metallklammern von seinen Genitalien. Erst die beiden, die sein Skrotum mit den Oberschenkeln verbanden, dann die große gezahnte Klammer, die seine geschwollene Eichel fast auf die Hälfte der ursprünglichen Größe quetschte. Als er seinen Schwanz mit seiner Hand umfasste, schoss das Blut hervor und benetzte den Boden, auf dem unzählige Kinderfotos lagen.

Es gab einen lauten Knall, als die Sondereinheit seine Tür mit einer schweren Metallramme aufbrach. User *Doom78* drehte sich erschrocken in seinem Bürostuhl um und hob langsam die Hände.

Die maskierten Polizisten starrten auf seinen blutigen Schwanz, dann ging ihr Blick tiefer. Fotos von ausnahmslos nackten Kindern schwammen in einem kleinen See aus Blut. User *Doom78s* blanke Füße badeten darin. Er griff rasch nach der kleinen Pistole auf seinem Schreibtisch.

Der Schuss aus der Mossberg 500 Schrotflinte des SWAT-Einsatzleiters sprengte ihm den Schädel und ließ nur einen zerfetzten Halsstumpf auf seinen Schultern zurück. Kleine Fontänen sprudelten aus dem Hals, bis sein Herz aufhörte zu schlagen.

Die Beamten versammelten sich vor den drei riesigen Monitoren auf dem Schreibtisch. Ungläubig starrten sie auf die völlig verdreckte Frau, die einen nackten Mann mit etwas verprügelte, das aussah wie eine verrottende Babyleiche.

»Friss es, du Bastard!«, schrie die Furie.

Der Mann neben ihr schien genug von den Grausamkeiten zu haben. »Es reicht! Lass ihn laufen.«

Sie sah ihn an und grinste.

»Bitte, lass mich laufen«, murmelte ihr Opfer verwaschen und spuckte Stücke des toten Kindes auf den Boden. Er stolperte mit abgeschnittenem Ohr, ausgeschlagenen Zähnen und abgetrennter Nase umher und wusste ganz offensichtlich nicht, was er tun sollte.

Hinter ihm lief immer noch dumpf knatternd die Motorsäge unter einer übel zugerichteten Frauenleiche. Als er noch einen unsicheren Schritt nach hinten machte und endlich realisierte, dass man ihn laufenlassen würde, sah er in dem Loch, das der Wagen in die Hallenwand gerissen hatte, die ersten Sonnenstrahlen aufleuchten.

# 55

*Da ist die Rettung.*

Dave streckte die Hand nach der Öffnung in der Hallenwand aus. Er bot ein Bild des Elends mit seinem klaffenden Nasenloch im Gesicht, den zerfleischten Lippen und den zertrümmerten Zähnen. Frisches Blut strömte über seinen nackten Körper, welcher mit fauliger Leichenbrühe besudelt war.

»Lauf doch endlich, du Penner!«, brüllte Sarah ihm lachend nach, wendete sich von ihm ab und ging zu ihrem Mann.

Ein erster unsicherer Schritt vom ehemaligen Veranstalter in Richtung Freiheit. Ein zweiter Schritt, die Motorsäge beschleunigte. Barbs zerfetzter Körper wurde herumgeschleudert. Dave fiel ... und landete auf dem rotierenden Sägeblatt, wo er nun seinen letzten Ritt machte.

Der Motor, der so vielen Menschen Tod und Verderben gebracht und ihren jungen Leben ein viel zu jähes Ende bereitet hatte, verstummte.

Dave streckte ein letztes Mal den Arm nach der hellen Öffnung in der Hallenwand aus, bevor sich seine Eingeweide klatschend auf den Boden ergossen. Neben ihm lag Barb, die ebenfalls eine unheilige Symbiose mit dieser Maschine eingegangen war, mit der nun ihr blutrünstiger Terror endete.

Sarah schoss Barb sicherheitshalber mehrfach in den Hinterkopf, bis ihr Schädel endgültig aufplatzte. Sie setzte ihren nackten Fuß in die Hirnmasse, die jetzt aus dem Schädel quoll, und zerquetschte sie lächelnd. Sie nahm Frauke an die Hand. »Komm Schatz, wir fahren nach Hause«, sagte sie an ihren Mann gewandt.

Paul sah zu, wie die drei in den Wagen stiegen und ihn mit seinem Vater zurückließen, dessen Torso leblos im Rollstuhl hing. Insgeheim war er froh, dass diese seltsame Familie ihn völlig vergessen hatte. Vor allem, als er den Koffer mit dem Geld entdeckte. Damit konnte er zwar seine Würde nicht mehr zurückbekommen, doch es würde wenigstens ein bisschen helfen. Er griff danach und verließ lächelnd das Gebäude.

Die Morgensonne streichelte sein Gesicht.

Kurz darauf hielt er einen Wagen an und fuhr westwärts in ein neues Leben.

# 56

Nachdem Landser aufgewacht war und lange Zeit keiner kam, um ihn zur Lotterie abzuholen, beschloss er irgendwann, einfach durch die nur noch angelehnte Tür zu gehen.

»Ist hier jemand?«, rief er in den Gang. Doch er fand nur noch die Schweine im Gehege, sonst war keine Menschenseele auszumachen.

Als er realisierte, dass es keine Lotterie mehr geben würde, verließ er verbissen die Halle.

Auf dem Parkplatz war kein Wagen mehr und die Sonne schien unbarmherzig auf ihn herab, als er am Straßenrand den Daumen gen Himmel reckte.

*Es wird dauern, bis mich jemand mitnimmt*, dachte er und wischte sich den Schweiß von der Stirn. Schließlich hielt irgendwann ein schwarzer Kleintransporter mit verbeulter Front an.

Landser lief auf dem staubigen Bankett zum Wagen hinüber, wo ein großer Mann in Flanellhemd ihm bereits die Beifahrertür geöffnet hatte.

»Wohin wollen Sie, Mister?«, fragte er freundlich, ohne auf Landsers blanken, stark tätowierten Oberkörper zu achten.

»Nur weg von hier, ich hab ’nen verdammten Hunger«, antwortete Landser, den Blick stur auf den Highway gerichtet.

Burt ließ ein Lächeln aufblitzen. »Kommen Sie doch mit zu mir nach Hause, an unserem Tisch ist immer ein Platz für einen guten Mann frei.«

# NACHTRAG

Paul Chains ist inzwischen erfolgreicher Pornodarsteller, der bekannt dafür ist, jederzeit einsatzbereit zu sein.

Letztes Jahr hat er seine eigene Produktionsfirma gegründet, die den ungewöhnlichen Namen *Mermaidmovies* trägt.

Von Landser hat man nie wieder etwas gehört.

# VERLAGSPROGRAMM

Bisher erschienen:

01 Candygirl: *Michael Merhi*
02 Lilith Töchter, Adams Söhne: *Georg Adamah*
03 Höllengeschichten: *Wolfgang Brunner*
04 Roadkill: Alex Miller, Joe De Beer
05 Bad Toys: Anthologie
06 Gone Mad: A.C. Hurts
07 Mindfucker: Joe De Beer
08 All Beauty Must Die: A.C. Hurts
09 Runaways: Alexander Kühl
10 Love Of My Life: A.C. Hurts
11 Klipp Klapp … und du bist tot!: Mari März
12 Carnivore: A.C. Hurts
13 Lyrica: Jane Bresslin
14 Der Feigling: Andreas März
15 Kinderspiele: Wolfgang Brunner
16 Victima: Sam Bennet
17 Blutbrüder: Simone Trojahn
18 Fuck You All: Inhonorus
19a Cannibal Holidays: Ralph D. Chains
19b Die Sodom Lotterie: Ralph D. Chains
20 Kellerspiele: Simone Trojahn
21 Der Leichenficker: Ethan Kink
22 Lyrica – Exodus: Jane Breslin
23 Wutrauschen – Simone Trojahn
24 Der Leichenkünstler: Moe Teratos

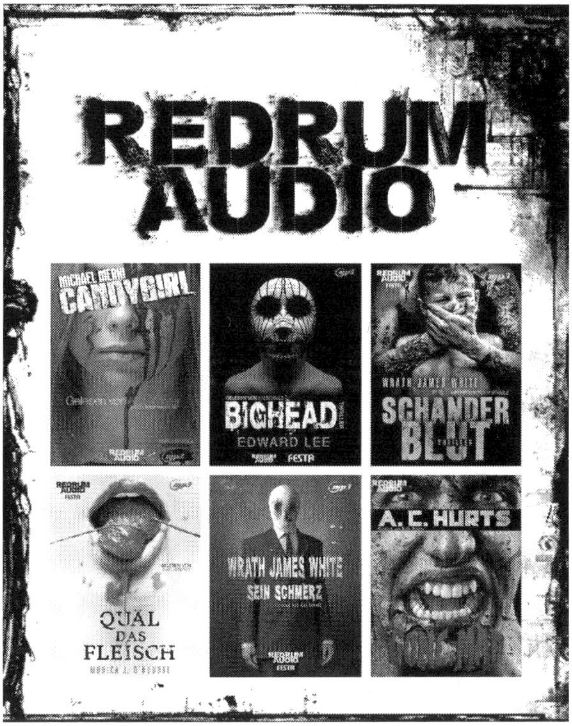
REDRUM AUDIO
CANDYGIRL
BIGHEAD
EDWARD LEE
FESTA
WRATH JAMES WHITE
SCHANDER BLUT
QUAL DAS FLEISCH
WRATH JAMES WHITE
SEIN SCHMERZ
A. C. HURTS

# REDRUM AUDIO

Bisher erschienen:

**Candygirl** von Michael Merhi

**Bighead** von Edward Lee

**Schänderblut** von Wrath James Wite

**Quäl das Fleisch** von Monica J. O´Rourke

**Sein Schmerz** von Wrath James White

**Gone Mad** von A.C. Hurts

**Blutbrüder** von Simone Trojahn

INHONORUS
HARDCORE LYRIC
DAS VOLLE PROGRAMM
FUCK YOU ALL
REDRUM

**Fuck You All**

Betrachte die Zeichen, die sich unter meiner Haut bildeten,

siehe das erloschene Licht in tiefer Finsternis, Muskeln und Knochen nicht gemacht für den ewigen Fall.

Haare und Nägel, Asche der Ewigkeit.

Du Schaust mich an, doch ich selbst sehe mich nicht!

Lange genug habt ihr euch über sie lustig gemacht, sie in Formen gepresst, gequält und gepeinigt. Das Fass ist übergelaufen und nun bekommt ihr Dreckschweine gnadenlos genau das, was ihr verdient …

Brutaler, kompromissloser, aggressiver, menschen- und gesellschaftsverachtender als jemals zuvor … MORBID … Extrem-Literatur mit psychologischer Schlagseite.

SIMONE TROJAHN
REDRUM
HARDCOR
BLUTBRÜDER

**Blutbrüder**

Sie sind Brüder. Durch ihre Adern fließt dasselbe Blut.

Was sie eint, ist ihr Schicksal ... damals ... in ihrer Kindheit ... auf dem Dachboden ...

Seither tobt in ihnen die Gier nach Zerstörung.

Während der eine verzweifelt dagegen kämpft, hat sich der andere den sadistischen Gelüsten längst hingegeben.

Ist der Blutstrom noch zu stoppen oder werden die Brüder am Ende darin ertrinken?

# A.C. HURTS

HARDCORE

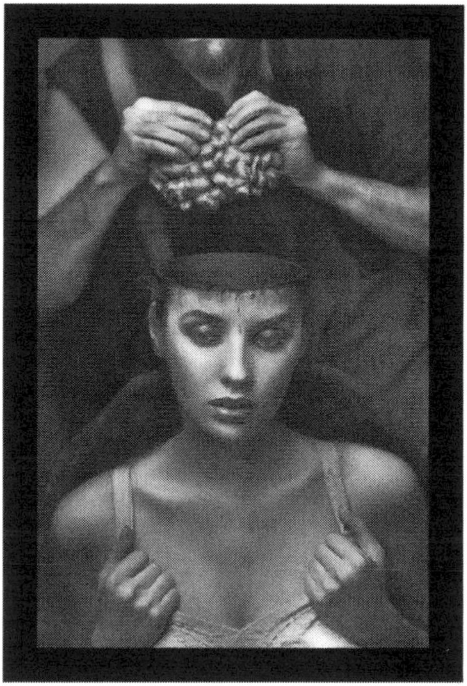

# CARNIVORE

REDRUM

## CARNIVORE

Wie weit darf Hardcore-Horror gehen?

Du denkst, du fürchtest dich vor nichts mehr?

CARNIVORE!

Eine grenzüberschreitende Erfahrung.

Victor von Holsten ist Arzt, vermögend, gebildet, charmant und Kannibale aus Leidenschaft. Ein Mann, der sich nimmt, was er will. Er mag schöne Menschen, das Geschlecht ist ihm egal. Doch während andere nach dem Sex ein Glas Wein genießen, kreiert Victor Fleischgerichte der makabren Art. An lebender Rohware mangelt es dabei nicht. Der Keller des Gourmets ist prall gefüllt und gleicht einem Todestrakt. Seine Vorratskammer ebenfalls.

Bon Appétit, ihr Weicheier!

MICHAEL MERHI
CANDYGIRL
REDRUM BOOKS
»Das dreckigste Buch aller Zeiten!«
»Schockierend...«
»Nichts für schwache Nerven!«
»Das härteste Buch des Jahres 2016!«
RAPE & REVENGE
HORROR ROMAN

## CANDYGIRL

Bobby war nicht böse. Das Leben war böse. Die Umstände waren böse. Sein Vater, ja der war abgrundtief böse, aber er?

Bobby?

Niemals!

Das zwölfjährige Mädchen Candygirl gerät in die Fänge des Zuhälters ›Schweineschwarte Bob‹, der ihr das Leben zur Hölle macht. Der sadistische Mann setzt alles daran, das zwölfjährige Mädchen sowohl seelisch als auch körperlich zu brechen. Wie ein Stück Vieh wird das junge Mädchen gebrandmarkt und von einem perversen Kunden an den anderen weitergereicht. Und was war mit Bobby? Bobby interessierte es einfach nicht, ob es kleine Mädchen oder Jungs waren, er nahm sie beide gern, schließlich waren es doch Gottes Kinder und der Mann hasste Gott. Abgrundtief!

»Das liest sich wie Stephen King auf Speed, hart, erbarmungslos und sehr brutal. Absolut nur für erwachsene Leser mit starken Nerven geeignet!«

»Hast du starke Nerven? Nein? Sorry, dann darfst du dieses Buch nicht lesen!«

»Michael Merhi schreibt spannend, wie Stephen King, hart wie Jack Ketchum und gnadenlos wie Richard Laymon.«

REDRUM
HORROR
HÖLLEN
GESCHICHTEN
WOLFGANG BRUNNER

## HÖLLENGESCHICHTEN

Diese Woche exklusiv im Selbstmordcafé!

Samuel S. erschießt sich auf unserer Bühne.

Sandra B. hat vor, sich mit Ätzmittel zu vergiften.

Alfred F. wird sich selbst ersticken.

Um rechtzeitige Reservierung wird gebeten!

Es ist moderner Horror, der uns auf psychologischer Ebene fesselt und nicht mehr loslässt. Wolfgang Brunner öffnet die Pforte zur Hölle! Zunächst nur einen kleinen Spalt. Wir erkennen Schemen und Konturen, erleben die Geburt des Bösen. Doch während wir noch versuchen, jenes Grauen zu verstehen, stößt er endgültig das Tor auf und lässt uns erstarren. Nicht etwa, weil wir das Böse in Form von Monstern und Fabelwesen erblicken. Nein, weil wir uns selbst wiedererkennen, in den Tiefen des Höllenschlunds. Wir stehen vor einem Spiegel und das Bild, welches sich uns offenbart, ist dreckig und düster. Meistens verstörend, selten versöhnlich.

Und nun laden wir Sie herzlich ein zu einem exklusiven Besuch - sowohl im Selbstmordcafé als auch in den anderen Kreisen der Hölle!

REDRUM
THRILLER
ALEX MILLER
JOE DE BEER

## ROADKILL

Was passiert, wenn du auf eine Seele triffst, die dich erkennt? Eine Seele, die selbst mit deinen inneren Dämonen tanzt. Wenn es sein muss, im Rausch explosiver Gewalt.

Stella, Patientin in der geschlossenen Psychiatrie, gelingt die Flucht. Ihr Ziel: das Meer. Auf ihrem Weg dorthin trifft sie Nick. Eine schicksalhafte Begegnung, die alle Mauern niederreißt und zu einem blutigen Horrortrip durch die Republik eskaliert.

»Dieses Buch ist wie eine Line Koks, dunkel, böse, verdorben und reißt dem Leser den Boden unter den Füßen weg.« Michael Merhi

REDRUM
A.C. HURTS
HARDCORE
ALL BEAUTY MUST DIE
»ES IST NUR EIN BUCH!«

## ALL BEAUTY MUST DIE

Carter ist der, der die coolsten Events an den Start bringt. Wie wär's mit einer aufregenden »Ladies Night« - dazu gratis und all-inclusive? Im Internet werden 500 Tickets verlost. Wer kann einem solchen Angebot schon widerstehen, Live-Bands, Typberatung, Styling Area?

Bestens gelaunt begeben sich die unwissenden Opfer in die Höhle des Löwen. Doch was als unterhaltsames Highlight des Jahres beginnt, entpuppt sich schnell als beispielloses Snuff-Festival. Ausgewählte User aus aller Welt verfolgen den Blutrausch und äußern ihre Wünsche. Perfider Höhepunkt der Show: die Kür der »Königin der Nacht«. Keine Frau darf überleben, und das Sterben wird für viele zur unsäglichen Qual.

Erfolgsautorin A. C. Hurts in gnadenloser Bestform!

REDRUM
BAD
TOYS
HORROR - THRILLER - EROTIK
A.C.HURTS SAM BENNET WOLFGANG BRUNNER
JOE DE BEER STEFAN GORSOLKE ALEX MILLER
DANTE NEKRO DAGNY S. DOMBOIS BASTIAN CALANDO
GEORG ADAMAH MICHAEL MERHI MARI MÄRZ
GITTA MIKATI ANDREAS MÄRZ KHALED MERHI
ALEXANDER KÜHL INES LÜDERS
MIMO

## BAD TOYS

BAD TOYS - das bedeutet die geballte Ladung REDRUM. Wir präsentieren unsere Autoren in all ihrer Vielfalt. Ein fesselnder Genre-Mix aus den Bereichen Horror, Thriller und Erotik. Du willst REDRUM kennenlernen? Dann wag dich an diese Anthologie. Blutig, erotisch, witzig, abgefahren.

REDRUM
A.C. HURTS
HARDCORE
BONE MAD

## GONE MAD

Wie weit darf Hardcore Horror gehen? Du denkst, du fürchtest dich vor nichts mehr? Gone Mad bricht Tabus.

Die Protagonisten: Kannibalen, Dämonen, Psychopathen und einige mehr. Eine grenzüberschreitende Anthologie für extreme Leser. Mit Bonus-Geschichten von Simone Trojahn und Jutta Wölk. Doch Achtung: Der Abstieg in die Abgründe des menschlichen Verstandes erfolgt auf eigene Gefahr.

REDRUM
THRILLER
HORROR
JOE DE BEER
MINDFUCKER
WEGE IN DIE DUNKELHEIT

## MINDFUCKER

»Der Mindfucker ist kein fiktiver Charakter, sondern der Autor höchstpersönlich! Wenn du dich auf ihn einlässt, wird er dein Leben verändern. Für immer.« Michael Merhi

Joe de Beers Geschichten sind weit mehr als blanker, bluttriefender Horror, denn Joe de Beer seziert. Mit scharfer Klinge löst er die zivilisatorische Firnis und zeigt die menschliche Existenz in ungeschönten Farben. Den Leser erwarten eindringliche Charakterstudien, schwarzer Humor, mitleidlose Überlebenskämpfe, aber auch fantastische Elemente - inklusive der größten aller Fragen, der Frage nach dem »Warum«.

Short Stories, die fordern, diesmal nicht den Magen, sondern vor allem den Geist.

**REDRUM** loves you!

**REDRUM** liebt dich!

Printed in Germany
by Amazon Distribution
GmbH, Leipzig

19105672R00134